オブジェクタム／如何様

高山羽根子

朝日文庫

本書は二〇一八年八月に小社より刊行された『オブジェクタム』と、二〇一九年十二月に刊行された『如何様(イカサマ)』、「小説トリッパー」二〇一六年夏季号に掲載された「ホテル・マニラの熱と髪」を合本したものです。

目次

オブジェクタム／如何様（イカサマ）

オブジェクタム

よそ見ができなかったのは、慣れないレンタカーの運転に集中していたからだった。借り物で運転しにくかったっていうのもあるけど、それだけではないと思う。自分の車を持っていないから、よくいわれる癖みたいなものにもあんまりぴんとこなかったし、もともと車になんか詳しくないからこれが新しいのか古いのかなんてわからなかったし。

高速道路の運転は講習以来はじめてなのに、雨まで降りだしてきた。車内のステレオとスマホの接続がどうしてもうまくいかなくて、接触の悪いコードでつなげた液晶画面のバックライトが、ダッシュボードの上で振動にあわせてついたり消えたりを繰り返している。音楽を流すのは早々にあきらめて、天気も気になったから車載のAMラジオをつけていた。しばらくしてひょっとしたら音量が大きすぎるかもしれないと感じたけど、片手をはなしてボリュームを絞ることもできなかった。かなり長い時間、車の中が居づらくなるくらいの大きな音でAMラジオを聴いていた。

高速道路というものはたいてい町の中でも一段高いところを走るから、防音壁さえなければ見通しがきいて、ふだん見慣れないいろいろなものが見える。子どものころ、後部座席で窓の外の風景を眺めながら視界の端から端に流れていく珍しいものを見つけるたびに、

「船の形の建物」

「タイヤの山」

「すごく大きいクジラの看板」

「観覧車」

みたいな感じで、車に乗っている誰に伝えるつもりもなくつぶやいていた。前の座席にいた父や母はああ、とかほんとうだ、と答えていたときもあるし、聞こえていないのか、面倒くさくて答えなかったのか黙っているときもあった。横にいた祖父の静吉（せいきち）にはたぶん聞こえていたんだろうけど、ずっと反対側の窓のほうをむいていて、どんな奇妙なものを見つけて声に出してみてもこっちを振りむかなかった。

小さいころ住んでいた町には遊園地がなかった。ただ、それを残念に思ったことはない。今までに何度か、遊園地のある町に住むとどんな生活になるんだろうみたいな空想をしたことはある。きっと少しは楽しいと思うけど、自分みたいなよその人間が思うよりは平凡で、退屈なのかもしれない。だいたい遊園地なんて、車に乗って時間をかけてたどり着くような場所にしか存在しないもので、年に一、二回行けば充分な気もする。

それに、住んでいた町には自転車でしばらく行けばショッピングモールが建っていて、一角には乗り物に乗って空を飛ぶような気分になれるちょっと前くらいまで――この国には、ただどうやら昔――といっても自分が産まれるちょっと前くらいまで――この国には、駅からちょっと離れた丘とかデパートの屋上とか、多少がんばれば子どもだけで行けなくもない、ぐらいの場所に、大小いくつもの遊園地があったらしい。

そのことを知ったのは遠足の潮干狩りで巨大アサリを採りに行ったときだった。大人になってから、正確にはアサリではなくて似た種類のちがう貝だと知ったけど、とにかく小学生のとき、巨大アサリを採りに行くという遠足があった。

遠足の行き先は海辺の、駅前にもコンビニと個人の英会話教室ぐらいしかないような町だった。コンビニは聞いたこともない名前のチェーン店で、季節に関係なく浮き輪とかビーチサンダル、花火が吊るされている。夏と冬で利用客の人数が全然ちがうんだろうと思えるような場所だった。

駅から見て高台、ずっと遠くのほうに目をこらすと、小さいけどひと目でわかる観覧車とジェットコースターのレールが見えた。家に帰って父や母にきいてみると、もうあれは動いていない、何年も前に遊園地はつぶれている、と答えが返ってきた。

驚いた。遊園地は、つぶれたあと乗り物をすぐに取り壊さないでいる。ああいうのは、取り壊すのにもけっこうお金がかかるんじゃないかな、と、父は巨大アサリの醤油焼きをつきながら言った。つぶれるということはお金がないということなのだから、これからもずっと、あの遊園地の跡地はそのままにされてしまうのかもしれない。死んでいるのに、離れたところから見ても生きているときと姿が変わらないのは、ザリガニとかカブトムシみたいだと思った。

高速道路を降りてから県道、路地と町の細かいところに入りこんでいくと、子どものころ住んでいた町が記憶の中よりもずっと小さくしょぼくれていたことに気づいた。元々この程度しょぼくれた町だったのか、年月がたって町がしょぼくれたのか、きっとその両方がそれぞれ混ざっているんだろう。

子どものころにはたぶんなかったバス通りのコンビニに車をとめて、コーヒーと小さなプラスチックケースに入った粒のミントを買う。レジで、

「もうしわけありません、これ、ちょっとわからないおかねです」

と、小さな男の店員が申し訳ないみたいな顔をして、手にした紙幣を見つめながら言った。制服の胸に、どこか別の国に由来すると思われる名前のプレートをつけている。気がついて、

「ごめんなさい、間違えました。これ、むかしのお金です」

と伝えると、彼は安心した様子で、ほほえんだ。

「これ借りものなので返しにきたんです。Suica使っていいですか?」

と紙幣を返してもらう。外に出ると雨はやんで、日が差しはじめていた。返しにきた、という言葉を自分の中で確認した。

そうだ。家の中で、たった独りで、端末の検索機能だけで得られる情報だけをもって、この紙幣を返しにきたんだった。

店員の心細さが解消されたことを、こんなふうに嬉しいと思うことが、自分でも意外だった。

通っていた小学校の正門から右の道を行くと、はじめに突き当たるところが空地になっている。公園と言えるほどの広さもない、塀で囲まれた道のくぼみみたいな場所だった。ずっと小さかったころ、そこには狭い砂場と回転する球体の遊具があった。回転遊具は幼児が落ちる事故があったあとすぐ撤去されて、そのあとしばらくして砂場が、猫や鳩のフンで不衛生だという意見を受けて埋められた。それからまたしばらくして、小学校の卒業生有志が市の許可を取ってコンクリート製の土管を三つ重ねて置き、そこを『なつかし広場』だとか名づけて、入口には広場の名前が入ったホーロー看板を取りつけた。どうやら昔にはこんな感じに土管のある空地があったらしい。ただあくまでイメージの中でのことなんだろう、回りの大人たちに、実際に土管の積まれたこういう場所が近所にあったかときいたら、みんな首をかしげた。ただ、自分たちみたいな子どもにとって懐かしいかどうか、それが実際にあったものかなんて、あまり関係ないから特別問題はなかった。

＊

小学校から帰る途中、同じクラスのカズと並んで広場のカベに貼られた一枚の紙をながめていた。太字で『新聞』と四角ばった二文字の漢字があって、下には活字に見えるぐらいていねいに書かれた小さい手書き文字が隙間なく並んでいる。

このカベ新聞は月に一回くらいのペースで町内の決まった十数か所に貼り出されている。誰が貼っているのか、どうやって作られているのか、町の人たちは知らない。

新聞が貼られはじめたころは、作っている人を探すために町内会でも呼びかけなんかをしていたらしい。でも、とくに迷惑がかかるほどたくさん貼られているわけでもなかったから、しばらくすると迷い猫とか家庭教師とか家を売る貼り紙と同じに、あまり気にされなくなった。ただ、どんなに剝がされても雨に文字が溶けても、またなんでもなかったみたいにひと月後、次の号は貼り出されていた。

『スーパー山室（やまむろ）と八百永（やおなが）青果店、ナスと柿に於（お）ける傷み率の比較』

実りある秋、野菜や果物のすばらしい季節です。と妙にきどった書き出しはいつものことで、記事は駅前のスーパーと商店街の八百屋で売られている同じ値段のものについて調べたことについて書いてある。ふつうに考えたら退屈で、とてもおもしろそうだなんて思えないような記事の内容だった。ただ、一見マジメなふうで変におちょけた文章、折れ線グラフとマンガっぽいひと筆がきのナスのイラストもあって、おまけにどんなに簡単な漢字にもひとつひとつ、本文と同じくらいていねいな手書きでふりがながふってあった。

ほんとうのところ、この新聞を読んでいる人はとても多かった。病院の前や駅裏の路地のどこでも、字が読めるようになってすぐの低学年から、小さい文字を読みにくそうにしているお年寄りまで、立ち止まって熱心に読みこんでいるのをよく見かけた。

「木曜が安売りなのはそういうことか」

と横でカズが言う。

「その情報はおまえになんのメリットが」

ひじでカズのわき腹をつつくと、

「知らなきゃ気にならないんだろうけど、書かれてるのを読んじゃったから」

カズが声をあげて、上半身をくねくねさせた。

いつもの信号でカズとわかれたあと、後ろ姿がすっかり見えなくなったのを確かめてから、家に帰るための道からひとつよけいに奥に進む小さな道に入る。町内掲示板の横に消火器の入った箱が立っている後ろあたり、回り込んで集合住宅とブロック塀の隙間を抜けてそのまま進んで、見とおしの悪い生け垣に挟まれた道の突き当たりを右に曲がったとき、次の角の先をなにか、茶色い小さいものがちょっと見えて、すぐ先に進んでいって見えなくなった。小さい履きもののかかと？　それか犬とか猫のしっぽの先みたいな。

またた。

学校の行き帰りで道を曲がるとき、こんな感じのものが見えることがある。自分の進む方向に消えていっているから後をつけられてるわけじゃないと思うけど、ほんのちょっと早かったら、もっとはっきり見えていたのかもしれないと思うくらいの、ぎりぎりで、少しだけなにかが見える。

前に気になって急いで追いつこうと曲がり角まで走ったけど、角のむこうをのぞき込んでもなにも見えなかった。ただ、見まちがえだとしたら、こんなに何回も見るのは変だ。

細い道はちょっと行くと川の土手に沿うようにのびている。そのまま進むと、コンクリート製の橋がある。横には釣りや散歩をするために河原に降りる人が使う小さな階段がついていて、まず階段を、それから、打つのに失敗して中途半端になったホチキスみたいに、カベからでっぱった鉄のはしごを降りる。

短い橋脚の下には粗大ゴミがいくつかあった。たとえば古いタイヤとか、錆びた四角い空き缶とか。空き缶は、油が入っていたものみたいだった。フタが開きっぱなしで雨水の溜まった炊飯器なんかもある。道のはじっこに立っている消火器の箱と同じで、みんなにさわられたり蹴っ飛ばされたり、ましてや拾われたりなんか絶対しないと信じ込んでいるみたいにして、そういうものは転がっていた。

そのうちのひとつ、ななめに立った細長いロッカーの扉には、小さなダイヤル式の安っぽいロックがぶら下がっている。きしきしひっかかって回しづらいダイヤルをあわせてロックを開けてから、中に手を突っこんだ。暗い緑色をした生地の、おでこのところに、魚がキャラクター化されている形のマークがついているキャップと、つぎにグレーのフードつきジャンパー、さいごに一冊のB5ノートを取りだす。今日は使わないかもしれないと戻しかけて、また取りだした。いつなにをメモするか、そのメモがいつ役に立つかはわからないからだ。かわりに今までしょっていたランドセルを突っこんで、扉を閉めてロックをかけた。つばで目のあたりが隠れるくらいまで帽子を深くかぶって、ジャンパーにそでを通してお腹にノートをしまった。ファスナーをあげながらさっきとは別のところにある階段をのぼって、川ぞいの道をしばらくのあいだ歩く。

階段で二十四秒、道は五歩で二秒。本数が少ないから、なんども確認して念入りに時間を数えてあった。停留所に立ったときに、ほとんど時間がずれないこの町を走るバスは、いちばん近くの曲がり角から姿を見せて通りに入ってくるところだった。立ちどまってぼうっとバスを待つことも、慌てて走って駆けこむこともない、いちばんちょうどいい時間にバス停に着くように。ジャンパーのポケットに入れておいた乗車カードを、乗ってすぐのところに立っている機械にかざして後部座席の奥に入った。終点のひとつ手前で降りて、さらに七分、終点の車庫に近い川上まで歩く。ほかには人もみあたらなくて、こわいと感じることもないぐらいまわりにはなにもなかった。自然公園という名前がついた広いところに入ってからふたつの草むらをこえて、丸い木を組んで作られている階段をのぼり、それから背の低い木の生える斜面をあがって進むとススキ野原にでる。自分の背よりもずっと大きいススキの茎の間を、手を切らないように用心しながらかき分けていくと、だいたい北に四十二秒、東に六十六秒。魔法みたいにいきなり目の前からススキがなくなって明るくなる。十メートルもないぐらいの範囲でススキが踏み倒されて平らになった真ん中に、まわりの風景から浮きたたないくらいにちょうどよく色があせた、アウトドア用のテントが立っている。

三、二、五、二のリズムでテントの布を指ではじくと、

「おう」

声がしたあとにテントの入口になっているファスナーが開いて、中からじいちゃんがまっ黒く汚れた顔を突き出した。ものすごく黒かったけど歯だけ白くて、だから笑っているのがわかった。上半身は裸だった。薬とかガソリンスタンドにも似た油っぽいインクの匂いがする。

テントの中には木でできた低い机と、大きいのと小さいもの、ひとつずつのダンボール箱がある。箱は大きいほうを下にして重ねられて、いちばん上に手さげつきの紙袋が置かれていた。机のほうは表面に隙間なく新聞紙が敷かれて、その上に木でできた長方形のトレイがふたつ広げてあった。ふたつのトレイはお互い金具でつながれて、上にして置かれている部分を内側に折りたためるようになっている。両側とも長いあいだ使いこまれて、黒いインクが染みついている。トレイの片側には、ハンドルのついたローラーが置いてあって、もう片方には、網戸よりずっとこまかい目の網を張った木枠、これもトレイとぴったり合う大きさのものが乗っかっている。ローラーハンドルや木枠もぜんぶ、黒インクで染まってつやつや光っていた。これでもそうとう念入りに拭いたんだろう、じいちゃんは満足したみたいに、たっぷり黒い色を吸いこんだ手ぬぐいを膝の上でゆっくり、四つ折にしてたたんだ。テントの中はいつもと変わりなかった。ランプも暖房もない。この中でする作業は、日が暮れるまでに終わらせるのが決まりだった。

テントにもぐり込んだらすぐ、ダンボール箱を背もたれにして、膝を折って小さく座る。ここがいつも決まった居場所だった。

「新しいの、みんな見てたよ」

じいちゃんは黒い手ぬぐいを自分の横に置くと、机の前できちんと正座しなおしてから、ローラーのハンドルを捻(ひね)ってはずして、半分くらいつぶれたチューブのインクと並べてトレイに置いた。毎回、そのやりかたの順番はきちんと決まっていて、どんなときでもその手順に迷ったり、途中で手が止まったりすることがなかった。いつ見ても、まるでなにかのおまじないとか、茶道とか、そういう昔から伝わる儀式みたいだった。

「カズ、考えこんでたんだ。グラフ見ながら」

「ああ視覚化は大事だ」

　じいちゃんは金具でつながったふたつのトレイを折りたたんで、平べったい木箱のようになったそれを机の下にしまうと、さらに続けた。

「ナスや柿が、売られているって情報がある」

「うん」

「その中で、傷んでいないものと傷んでいるものの数がわかる。そうすると、割合がわかる。毎日の割合がわかると今度は、毎日の変化がわかる。続けると、曜日や、月ごとの変化がわかる。店が増えると比較ができる。この町のたくさんのデータを集める。単純な数字がつながって関係のある情報になり、集まって、とつぜん知識とか知恵に変わる瞬間がある。生きものの進化みたいに」

　じいちゃんからたのまれて八百屋とスーパーを回って、ばれないように何日も傷んだナスと柿を数えた。ただ、言われたとおりに数えてノートに書いて、調べたものを報告しただけで、数をもとにしてグラフとか記事を書いたのはじいちゃんだった。そうやって作った新聞をみんなが読んでくれる。

「なんで、隠れて新聞を作ってんの」

もう何度、この質問をしたかわからなかった。背すじを伸ばしたじいちゃんはいつもと同じように、

「ほんとうなら、記事を書いた人間の名前もださないといけない。責任っていうのがあるから」

と言って、さらに、これもいつもと変わらない決まった言葉を続けた。じいちゃんの中ではこれは、ずっと昔から自分で決めたことなんだろう。

「せまい町の中で、書く人間の正体がわかってしまうと客観性に支障が出る。ほかにも自分がどんなに気をつけていても、受け手の事情もあって正確にものを伝える力を削ぐこともある」

じいちゃんは、聞き取りやすいようにゆっくりとしゃべることはあっても、単語自体を子どもにむけてわかりやすいものに替えて説明することはなかった。わからないとき、初めのころは時々たずねかえすことをしていたけれども、前に一度、

「今わからないならそれで問題ない」

と言われてからは、意味がわからない状態でも、言葉をそのまんま丸ごと飲みこむことにした。ただそうやって聞いているうち、とくに調べなくても、なんとなくほかの言

葉との関係で知らない言葉の意味がわかってくる。それは気持ちがいいことだった。

だから、ここで新聞作りの手伝いをすることが、ゲームをしたりマンガを読むことより退屈なものになるということはなかった。

「出るか。このごろは日暮れも早いから」

じいちゃんは膝に手をついて立ち上がって、ダンボール箱の上に積んだ紙袋をつかむとテントの外に出た。あまりにも無駄がなくてじいちゃんらしい動きだった。慌てて後ろに続いた。小さなテントはかんたんにススキをかぶせただけで、もう景色の中に溶けて消えてしまった。ススキ野原を抜けて公園に出ると、じいちゃんは水のみ場の蛇口で裸の上半身を洗った。いつもどおり公園のはじに離れて座る。公園にはたまに犬を連れた人がいるくらいで、その人たちはじいちゃんの水浴びを見えていないものみたいにして歩いていく。普通で考えたらちょっとおかしいくらいに汚れた人のことを、普通の人たちは見えていないふりをするらしい。それを利用して、じいちゃんは新聞をばれないように貼ることに成功している。ほかの人たちから見れば、まったくの知らない人同士に見えるくらい、じいちゃんと間をあけておくことにしていた。じいちゃんは紙袋からタオルとTシャツをだして、軽く水を拭き取ってシャツを着る。顔や腕や首回りにこびりついていたインクの黒い汚れは、それだけでかなり目立たなくなった。

そのまま公園を抜けて、バス通りと並行した細い通りを行くと銭湯がある。このときには、もうじいちゃんとは並んで歩いていた。濃い青色ののれんをくぐって、くつを脱ぐ。まだ開店時間すぐだから新しいお湯は熱かったけど、じいちゃんはまったく気にしないで、目を閉じてアゴまで湯につかっている。

「よく洗えよ。鼻が慣れちまって臭いに鈍くなってる」

じいちゃんの背中を流して、かわりに頭をすすいでもらう。紙袋に入っている無香料の石鹸(せっけん)をほんのちょっとだけ使って、頭から足先まで、しっかりと洗う。これもぜんぶ、カベ新聞の刷りだしを行なった日の決まりごとだった。おふろを出て体をていねいに拭いた後は、髪の毛や体がすっかり乾くまで下着姿のまま脱衣所のベンチに座る。サイダーを買ってもらって、じいちゃんのほうは牛乳を飲む。これはふたりの間で『出版記念の祝杯』と呼んでいた。サイダーも脱衣所もよく冷えていて、扇風機は前髪をあっという間にさらさらに乾かした。

「カズ、集中して読んでた」

「よかった」

そう言って軽くわらった顔のまま、

「でも、慣れた友だちというのは、隠しごとには鋭いから気をつけたほうがいい」

と続けたじいちゃんは、喉をぎゅっぎゅと鳴らして牛乳を飲みほした。

「あと」

その様子を見ながら、注意ぶかく切りだす。

「なんだか、つけられてるっていうわけじゃあないんだけど、犬とか人とか、そういうのがそばにいるような気がする。何回も確認して、やっぱりいないんだけど、どうしても少しだけなにかが見える気がする」

「ああ、それは大丈夫だ」

じいちゃんはほとんど考えることなくさらりと言った。

「注意ぶかくしている人間にはそういうものが見えるもんだ。ちゃんと確認しているなら問題ない」

「じいちゃんも見えるの」

「ああ、昔から隠しごとをしているときにはたいてい見える。すぐそばまでくることもあるな」

「どんな見た目なの」

こんどは、しばらくの間考えてじいちゃんは言った。

「そのときによってちがうが、たいていは子どもで、たぶん女の子だ」

紙袋に入っていた襟付きのシャツ、麻のニットベスト、コットンのズボンをはき、くたくたのジャージとTシャツをきちんとたたんで紙袋にしまう。

銭湯からはちょっと時間をずらして出る。歩いてさっきとはまた別のバスの停留所にむかって、来たときと方向のちがう停留所を経由するバスに乗りこむ。乗っている人は数人。駅前の方向に進む路線だから、帰ってくる近所の人たちと会うことはなかった。バスの窓から夕焼けが人のいない座席を照らしている。この感じならまだ暗くなる前に帰れる気がした。目的のバス停をふたつ前で降りて、河原ぞいに来た道を走って戻る。橋の下のロッカーにジャンパーと帽子、ノートを突っこんで、かわりにランドセルをとりだして背負ってから、自分の肩口に鼻先を押しつけて、いっぱいに息を吸いこむ。大丈夫。いつも校庭で遊んでから帰るのと同じ、土埃（つちぼこり）と汗の臭いだった。ロックをかけた。

「ただいま」

一回目の声は、キッチンで夕ごはんのしたくをしている母さんに届かなかった。リビングに入ったらテレビはニュースバラエティみたいな番組を流していて、静吉はソファで文庫本を読んでいた。リビングの床にランドセルを置くと、もう一度、

「ただいま」

と、今度はもうちょっと大きめの声で言って、ソファの手前の床に腰をおろした。リビングにはすでに、キッチンからもれ出たごま油の匂いがいっぱいにただよっている。突然、ものすごくお腹が減っていることに気がついて、また声をあげた。

「母さん、ごはんなに」

やっと気づいた母さんは、キッチンから少し顔をのぞかせて、

「今日ね、マーボナス。秋だし、急に食べたくなっちゃってね」

広場でカベ新聞を見ていたとき、カズが、

「読んじゃったから」

と言ったのを思い出して、笑ってしまいそうになる口をとがらせて、がまんしながら横を見た。本から目を上げないまま静吉じいちゃんは、それでもやはりぼくと同じように口の先を若干、とがらせていたように見えた。

＊

まだあったんだ。

かつてテントがあった場所の前まで来て、見回してから思った。アウトドア用品というのは想像よりずっと丈夫にできている。さすがにシート部分はあらかた剝がれて骨組みだけになってはいるものの、樹脂製のポールは倒れることなく地面に食いこんで、辛うじてススキに寄りかかりながら立っていた。枯れたススキが新しく青いものに生え変わって、枯れて倒れて、ということを繰り返しながらこの場所を隠してきたんだろう。

驚いたのは、静吉の使っていた文机が、なかば土にかえった色をしながらまだそこにあったことだった。そういえばあのとき、もうすでに古かったけど立派だったもんな。

テントのあった空間に潜りこむと、自分の周囲に生える雑草の茎を押し倒して空間を作った。そうしてひとまずは見た目だけ静吉がいたころのようにテントがあった部分の床をととのえる。

当時の静吉とおなじように文机の前に座って、視線を動かした。

あのときテントに映しだされていたのは、たぶんすべての方向で草の揺れる影だけだった。右をむいたときに見えていたのは、閉じられたファスナー、テントの入口。左に首を回し斜め後ろのほうまで振りむくと、自分の指定席だったダンボール箱の積まれていたあたりまでが見えた。テントの中で、本や資料の類が置いてあるのは見たことがない。静吉がここで調べ物や読書をしていたことはなかった。

ひととおり見回してから文机の下に腕を差し入れて、地面を手のひらでさぐる。何度かくりかえしていくと、一か所だけ軽く力をかけるだけでパカパカとたわんでいるのを感じた。指先に力を入れて、二度、三度と押し下げながら確かめる。雨ざらしで傷んだ文机をずらして、薄い土の層をどけると湿って黒く腐ったベニヤの合板があって、下にビニールシートを四角く切り取ったものが敷かれていた。まくると、腕が一本さし込める程度の穴が開いている。その気になれば、すぐに塞いで埋めることができるほど心となかったけれども、穴はそうとう深くて、のぞいても真っ暗で中を見ることができない。ポケットのライターを探りかけて、やめた。照らしたところで腕を通すのが精いっぱいの穴の中で、明かりは役に立たない気がした。雨をたっぷり吸いこんだ土だから悩んで、それから上着を脱ぎ袖をまくって腕を穴の中に注意深く差し入れた。

腕のまわりに、土に混ざる小石の感触があって、奥に進むのを邪魔した。いっぽうで、指先はなにもないところをかいている。肘の上まで深く入れてもまだ、指先に当たるものはなかった。もう少し、まだ、と、アゴや頬を土で汚しながら腕を押しこむうち、指先は微かに物体の気配を感じた。硬い、金属の板のようなもの。指先の爪が微かにその表面を擦った。驚いて手を引き抜く。再び恐る恐る穴に腕を差し入れる。肩ちかくまで深く入ったときに指先にもう一度物体が触れ、それと同時にコン、と空洞を持った金属質の音がした。コン、コン。注意深く、穴の隙間から漏れる音を聞く。

「箱」

誰もいないテントの中、小さい声で言って、ひとりで声を立てないで笑う。

まだ、あったんだ。あのとき見つけたやつ。

腕をもういちど穴から引き抜いて、両手で穴のまわりを、埋まってしまわないように注意しながら掘り広げる。しばらくの間、根気強く土を削る手の動く音だけが聞こえ続けた。

短い間そうやっていて、ここに音がないことに気がついた。風が起きると草やテントの骨組みから音が出るくらいで、当時、おそらく静吉がひとりでいたときここは無音だったんだろう。電車も車も近くを通らない、誰のささやき声もしない、宣伝も、選挙カーの音も、緊急の町内放送だって、ここには入ってこない。町の中で人のたてるどんな音も聞こえない一点を、静吉は新聞作りの場に選んだのかもしれない。腕を動かして穴を削り広げながらそう思った。

＊

五時間目が終わって、いつものロッカーにランドセルを置いたあと、児童図書館に入って二階ロビーの一角に座った。ここからは南中学校の正門がちょうどいい角度で見おろせる。児童図書館で働く人は夕方前に人数がふたりに減るので、二階にはよっぽどなにかない限り、働く人も利用者も上がってこなかった。

低めのソファベンチで、帽子を深くかぶり直す。書棚から適当に持ってきた『市のあゆみ』という資料集を広げて、その下にB5ノートを開くと三分の一くらいをはみ出させるみたいにして敷いた。ノートの表面には今日の日付と、『南中・午後三時から五時』の文字、そして真ん中に線を引いて右側に『上』左側に『下』とあらかじめ書きこんである。

校門から三人の女子中学生がじゃれ合いながらでてくるのに気がついた。ひとつひとつ、必要なことを確かめるのをやめて、いそいで鉛筆を握って身がまえる。窓ごしだし遠かったから声は聞こえないけど、丸めた背中をぺちぺち叩き合ったりする手つきだけでも、楽しそうにしているのがわかった。

校門を出たところでひとりが右へ、残りのふたりが左へ進む。ノートの『上』と書いてあるほうに横線と縦線を一本ずつ、『下』と書いてあるほうに横線を一本書きこんだ。『正』という漢字を書いて数を数えていくこと、一文字で五人、二文字で十人。そうするとどんなものでも、いつまでも継ぎ足して数えていけることは、少し前にじいちゃんから教わっていた。


じいちゃんと新聞の秘密を知ったのは、カズがインフルエンザにかかった日だった。あのときはカズの家にプリントを届けにいって、玄関にはカズのお母さんが出た。カズの家から自分の家に戻るまでは、公民館の中庭を通るのが近道だった。植えこみも木も枝ばっかりの裸で、なんの種類の植物かを書いた札だけがぶら下がっていた。

「渋柿の　ごときものにては　そうらえど」

ざらついているのに、張りだけは妙にあって通る声が中庭に響いていた。目の高さ、ガラスのはめ殺してある窓からいくつか人の頭が見える。髪の毛は白かったり、なかったりだった。先生も生徒も同じくらい年寄りだった。教室というのは大人が子どもに教えるものとは限らないんだな、とのぞきこみながら思う。ホワイトボードには『俳句＝渋柿』と大きく書かれてあった。渋柿みたいな人たちが、渋柿みたいな先生の言葉を熱心に聞いている。眺めながら、そういえばじいちゃんが公民館の俳句教室に行くと言っていたはずだったと思い出して探してみたけれども、姿は見あたらなかった。今日は具合でも悪くて休んだのかもしれない、インフルエンザが流行ってるし、と考えながら家に帰ったけど、やっぱり家にじいちゃんはいなかった。日が暮れかかり、母さんが夕飯のしたくをはじめたころにじいちゃんは帰ってきて、リビングのいつもと同じ場所で文庫本を開いた。

カズを苦しませたインフルエンザは、そのあと勢いよくひろがって、一週間もあけないうちクラスは学級閉鎖になった。

山のように出されていた家庭学習の課題はできるところまでと言われていたからか、なんとなくやる気が起きなかった。ベッドの上でゲーム機の電源を入れたけどなかなかゲームにも集中できない。電源を入れたり、少しやって切ったり、マンガを開いてまた閉じたりしていたら、玄関のドアが開く音がした。

部屋の窓から、じいちゃんがいつもと同じ濃いめのベージュのコートと同じ色のズボン、紺色のマフラーというかっこうで道に出て、公民館方面に歩いていくのが見えた。そういえば今日はあの、俳句教室の日だった。ふいに、ふだん静かに文庫本を読んでいるじいちゃんが、あの渋柿みたいな人たちに混じって大声を出しているところを見てみたくなった。

学級閉鎖の間は外出しちゃいけないと言われていたけど、家にはほかに誰もいなかった。母さんは叔母さんと美術館に行っているから、帰りはたぶん夕方になる。クラスの人間に会ったとしてもそれはお互いさまだし、ばれたらそれまでだし。勉強机の椅子に掛けたジャンパーをはおって階段をおりた。

角を曲がると、かなり前のほうにじいちゃんの後ろ姿が見える。公民館までの道はわかっていたから、じゅうぶん広く距離をおきながら進んだ。じいちゃんは、まっすぐに公民館正面の自動ドアに入っていった。公民館のガラス扉は二重になっていて、扉のあいだに、消毒用のボトルが置いてある。中に入っていくじいちゃんを見ておかしい、と思う。このあいだ窓から見えた俳句の教室は、扉を入ったロビーすぐ右側でやっていた気がする。ちょっと考えて、早歩きで公民館の裏側に回った。思ったとおり、待ち構えているとしばらくして公民館の裏側、自転車で来る人たちのための小さい出入口からじいちゃんが出てきて、駐車場のほうに歩いていった。どこに置いてあったのか茶色の紙袋をさげて、今まで見たことがない赤茶色のジャンパーを着ている。ちょっと古くなってくすんだ感じのもので、それを着たじいちゃんは、遠くから見たら、いつものきちんとしたかっこうでいるときと同じ人間だとはわからない。

突然じいちゃんが立ち止まってあたりを見渡したので、目の前に駐車していたマイクロバスの陰に隠れた。じいちゃんが視線を自分自身の周りのあちこちに投げかけているないでいるのを、車の表面に鼻先をつけて、半かがみでじっと息を詰めて見ていた。姿を見せないでいると見失うかもしれないし、顔を出すと見つかってしまう。悩みながら考えていると、斜め上あたりから低い声がした。

「なにしてんの」

声が出るのをぎりぎりこらえて、振りむいて上を見ると、縦にも横にも大きい坊主頭の男が立っていた。黒い着物を着ていて、軽く握った手のひらの中からは小さい金属がぶつかる音がしている。男のまわりには十人ぐらいの揃いのスモックを着た、顔もお揃いみたいに似ている小さな子どもたちがいて、みんながこっちを見ていた。

じいちゃんのことに集中していて、こんなたくさんの子どもが近くにいたことに気づかなかった。目の前にある車を見てみると、ピンクのマイクロバスにはドラゴンが二頭身にマンガっぽくかかれたイラストと、一文字ずつちがった色のひらがなでかかれた『りゅうおんじようちえん』の文字があった。男は手のひらにあった金属を、自分の顔の横に持ってきて揺らしながら言った。

「クルマ、動かしちゃうけど」

男の手の中の小さな金属が車のカギだということがわかった。気がつくと、じいちゃんの後ろ姿はもうずっと遠くのほうに進んでしまっている。慌てて男に頭を下げて、マイクロバスから離れた。

そのまま川ぞいの道に出てから土手を歩き続けて、土手を降り、橋の下をくぐり、公園を通り抜けて歩道橋を渡った。もうひとつの公園をつっきるようにしてから、商店街を途中まで、もう半分は裏通りを通って、公民館の最寄り駅とちがう一駅離れた駅の近くまで来た。じいちゃんのあとを必死で追いながら、なんだってこんなにややこしい道を選ぶんだろう、と思っていたけれど、理由はすぐにわかった。

駅前のロータリーを囲むように作られている歩道で、短い間まわりを見て人がいないのを確認してから、じいちゃんは振り返らないまま声をかけてきた。

「べつになにもないが、ついて来たいか」

うなずいてから、じいちゃんが前をむいたままだったことに気がついて、

「うん」

と答えなおした。

「そのまま、距離を詰めずに」

きっとかなり前から後をつけていたことに気がついてたんだろう。お昼前の駅のまわりは人もあまり居なかったから、じいちゃんを見失うことはなかった。間隔をあけたまま注意ぶかく後ろをついて行く。駅の券売機で後ろへ並ぶように手で合図をしてきたので、じいちゃんが切符を買った後の券売機の前に立つと、もう九十円が入っていた。金額ぴったりの子ども用切符を買って、ホームではじいちゃんが視界に入るように気をつ

けながら隣の車両に乗った。三駅で電車を降りて、一駅ぶんくらい、戻る方向に歩いた。小さな川をふたつ越えて、図書館に入ったと思ったらまた裏口から出て、そんなことをしているうちに、背の高い枯れ色の草が生える野原に出た。ここまでくるともうじいちゃんとは前後に並ぶくらいくっついて進んでいた。枯れたススキは歩くじいちゃんの背中に縦縞（たてじま）模様に動いていく影を作っていて、肩で草を倒し、かき分けながらしばらく進むと、草で作られた小山に行き着いた。縄文時代の住居みたいにも、畑の積みわらみたいにも見えたけれど、表面の枯れた茎をどけると中からでてきたのはホームセンターでよく見る、ベージュ色のアウトドア用テントだった。

「あそこのケヤキと桜の木、位置関係を覚えて、道は跡がつかないように毎回変えて進む」

じいちゃんはそう言って姿を消すみたいにテントの中に潜っていった。ひとり用くらいの小さいテントだったから少しの間迷って、後ろについて入った。テントの中はいろいろなものが置いてあったけど思ったより広くて、じいちゃんとぼくが座ってもまだ余裕があった。じいちゃんはテントに入るなりくるりと皮をむくみたいに服を脱いで、紙袋に入っていたTシャツとジャージに着替えはじめた。脱いだ服は、ていねいにたたんで紙袋にしまった。

「次からはなにか着替えか、上着を持ってくるといい。インクや土で汚れたり、臭いがついたりすると良くない」

じいちゃんはそう言って、テントの中に置かれた机にむかって正座をすると、その下から半分透き通った紙の束とそれよりわずかに大判の板、ペンみたいなものを取り出した。

「これはロウ原紙、これは鉄筆」

じいちゃんは早口で説明した。

「ロウ原紙をこのヤスリ板の上に置いて、鉄筆で書く。箱の中に紙が入ってる。ロウ原紙に書いたものを刷るときに使うためだ。コンビニのコピー機や家のプリンターは、データが残るし作業しているところを見られる可能性もあるから、使えない」

横に詰まれたダンボール箱はフタのぶぶんが途中まで開いていて、束になった紙が見えていた。のぞきこむと、何枚かもう印刷が済んでいるものが入っている。見おぼえがある、かざり気のない太字のタイトルが見えた。

学校帰りにカズと読んでいた、作者不明のまま町のあちこちに貼られていたカベ新聞だった。質問する間もないまま説明が続く。

「ここは、必要以外のものは置かないようにしている。明かりも、暗くなる時間に気づけないと困るからつけない。食い物も、野良に嗅ぎつけられると厄介だから持ちこまないように。それと」

もう一度、机の下からなにかの紙束を取りだした。折りたたまれた古い紙は、想像よりずっと大きな、テントの床いっぱいに広がる地図だった。拡大したコピーをのりづけして一枚にしてあって、現在地だと指差されたのは意外にも、家からさほど離れていない、自転車とか、がんばれば歩きでも来られるくらいの場所だった。かなり面倒くさい道をたどってきたから、そのことにまったく気づかなかった。

もうすぐに地図をたたむから、ここの位置を覚えるようにとじいちゃんが言って、それから黙った。変色してかすれた地図を丸おぼえするつもりで夢中になって見ながら、目が回る気持ちがした。

こんなことってほんとうにあるのかな。社会見学の日の夜、熱が出るような感じに似ていた。

家に帰ると母さんがとてもびっくりした顔をして、どうしたの、顔色、ひどいわよ、と額に手を置いて、すぐ手をはなして電話機にむかった。

じいちゃんと新聞の秘密を知った次の日、インフルエンザの診断を受けた。

太陽が沈みかけて、南中の正門をでてくる生徒はもうほとんどいなくなっていた。ノートの表面は、大きいものの隙間に小さいもの、方向もばらばらな『正』の文字で埋まった。もうそろそろおしまいにしようと考えてロビーの時計を見ようとしたときに、ひとりの女子学生がのびた影を引きずって校門から出てきた。

なんだろう、あれは。

ブレザーの裾から見えるか見えないかぐらいまで短いスカートの下に、マーブル柄のカラータイツの足が伸びている。くるくるに巻かれた髪の毛は、金色に染められているみたいだった。夕日に透けて光っていて、こんなに離れた場所からでもつけまつげや化粧がはっきりわかった。あそこまで派手にすると、色っぽいやカワイイではなく、お笑い芸人か、もしくはピエロだ。

見ていると、夕焼けの、ひとりぼっちの、影の長いピエロはこちらに気づいた。こっちにむかってにらんでいるみたいだった。

〝ナニ見てんの〟

と口が動いたのが見えた。あわてて帽子を深くかぶりなおして、資料集に目を伏せていると、しばらくしてピエロの姿もなくなった。ちょっと安心してノートの『上』のところに一本の線を足したのとほぼいっしょのタイミングで、五時のチャイムが鳴った。明日は北中の前で同じようにデータを取らなきゃいけない。ノートを閉じて資料集を戻した。

テントの中で座って待っていたじいちゃんに、『正』の字で埋めつくされたページを表に開いてノートを手渡した。まじめな顔で受け取ったノートを眺めながらなにやらブツブツとひとりごとを言って、それからじいちゃんはノートを机の上の右側に置くと、鉄筆を持った。

『町内中学校の女子　スカートの長さ比較』

今回の調査は、女子中学生のスカートが膝上の長さか、下の長さかというものだった。上と下に分けられたたくさんの『正』の字を見つめながら、考え込んでは鉄筆を走らせるじいちゃんを座りながら見ている。

新聞に特集される記事の内容は、毎号いろいろだった。名インコお手がら、だとか、三つ子ちゃん並んで同じ坂道で転ぶ、といったどうでもいいようなことから、駅前にある石碑の由来みたいな、調べるのもむずかしくて、知ってみるとけっこうためになるようなことも書かれている。ふたりで新聞を作るようになってからは、集めてきた情報をもとにして、じいちゃんが考えて記事にすることが多かった。ほとんどの場合、じいちゃんが記事の内容を決める。今回のように、らしくないために意外に思う記事になることもあるけど、書いているのがじいちゃんだとばれないようにわざといろんなテーマで書いているんだろう。そのぐらい注意ぶかく、新聞は作られていた。

「スカート短い人が一番多かったのは二中だった」

「そうなるな」

「だったら一番不良が多いのが二中？」

「記事を見る人の中にはそう思う人もいるだろうな。逆に、おしゃれだ、自由だと思う人もいる。それは、我々の仕事じゃない。読む人がすることだ。この間言った話、覚えてるか」

「たくさんの数字が意味を持つ、ってやつ？」

「数字だけじゃない。たくさんの小さい豆知識だとか浅知恵だとか、意見だとか、そういったものがいっぱい集まる。ふつうに考えて、関係ないような見当はずれな言葉でさえ、その集まったものが人間の脳みそみたいに精神とか、意志、倫理なんかを持っているように見える場合がある」

「合体ロボみたいな？」

とたずねると、振り返ってちょっと顔をしかめたあと、言った。

「まあ、まったくの見当ちがいじゃないけどな」

「正義の味方？」

「それはわからん」

「中野（なかの）サト、あんたはなにか、よからぬことをたくらんでいるよね」

昼休み、カズとふたりで校庭のタイヤに座ってしゃべっているとき、目の前に来た女子がきっぱりそんなことを言い切った。

「誰こいつ」

カズが小さい声できいてきたけど、どんなに思い出そうとがんばっても、目の前にいる女子の名前や顔に覚えがない。少なくとも同じ学年の女子ではなさそうだった。

一度見たら忘れることなんてまずなさそうな顔だ。女子の顔を改めて観察する。ふたつにお下げにしている艶のない髪の毛は、結ぶ高さが違ってちぐはぐになっている。前髪は長めに広がるように広いおでこに垂れて、ほっぺたいっぱいに広がったソバカスに目が行くいちばんの理由は、たぶんその顔の平べったさと目の間の広さだ。鼻の低いのもあって顔の中心がものすごく平坦(へいたん)に、なんならえぐれて見えた。真ん中に立てた鏡を置いたみたいな顔だ、と思った。

「アンタのその秘密、ばらされたくなかったら」

と言ったのを上から消すみたいにして、昼休みが終わるチャイムが鳴った。

「なんだったんだ、あいつ」

教室に戻って理科の実験をしている間もずっと、カズはさっきのことをおもしろがってでもいる感じで、あの女子のことを話していた。クラスの女子のうち半分くらいがあの女子のことを知っていた。山本(やまもと)ハナというらしい。ひとつ上の学年にいる生徒で、性格や見た目が変わっているというのがいちばんの目立つ理由みたいではあったけれども、父親が酒を飲んで駅前であばれたとか、住んでいる団地がゴミだらけになって臭いのせいで近所の人たちとトラブルになっているだとか、そんなことで有名なんだと聞いているうち、不安でしかたなくなってきた。ああいうタイプの人間は友だちにいないから、どういう考え方で、なにを言いだすか思いもつかなかった。まわりの注意を引くために、どんなうわさを広めるかもわからない。

学校の帰り、カズと別々の道を歩きはじめてすぐ山本ハナがまた声をかけてきた。ガードレールに座っている。ひとりになるのを狙って待ちぶせしてたのかもしれない。ハナは離れた目の間に自分の指先を近づけて、寄り目になってツメの間のゴミを取りながら言った。

「あんたは、身に覚えがあるから私のこと、無視しないんだ」

するどい、と思った。どこかでなにか変なことをしているのを見られてでもいない限り、知り合いでもないハナにこんな文句をつけられることなんてないはずだった。少し考えただけでも思い当たることはいくつかある。しかもそれはぜんぶ、じいちゃんと関わりのあることばかりだった。まさか、あれだけ注意していた新聞のことがばれているとは思えないけれども、だとしたらハナが言う「よからぬたくらみ」とやらは、どういうものなんだろう。

でも、もし、まんがいち、ほんとうにじいちゃんのことを知られていたとしたら。いや、そうでなかったとしても、今こうやって、カズがいない場所でハナとふたりで話せるのはむしろ良いことなのかもしれないと思い直して、

「おまえなに見たっていうんだよ」

とせいいっぱい強気に言った。なめられたくないと思ってだした言葉だったのに、口に出してみるとものすごく変な気持ちがして、続きが出てこなかった。声に出した自分が、言葉の強さに負けたみたいな気分だった。その空気を感じ取っただけ、ハナのほうが余裕のある立場になってしまった。

「まあ、家にくればわかるよ」

ハナはそう言ってガードレールから降りて、こっちを見ることも手招きをすることもなく進んだ。

「うち、このすぐ裏だからさ、くりゃいいじゃん」

どうやらハナは、自分の家にこいと言っているらしい。もちろん薄気味悪いしイヤだったけど、それでもハナの後ろをついて行くしかなかった。

県営住宅の二階にあるハナの家は、玄関を入る前の廊下からもうコンビニやスーパーのビニール袋だらけだった。ゴミがいっぱいに詰まって丸々と膨れたものがいくつも積まれたり、崩れて転がっていたりして、近づくと変わった臭いがした。少なくともこのときまでは学校で聞いたうわさの通りだった。

ハナは首元からヒモを引っぱりあげてトレーナーの中からカギを出すと、ノブの下に差しこんだ。玄関先からなにかが転げ出そうになるのをものすごい反射神経でけとばして、押しこめるみたいにして自分が入ってから、アゴで招かれた。中はもっとひどかった。床がゴミでかさ増しされているせいか全体的に暗くて狭くて、電気がついていてあまり広くないのに、まわりを見渡すことがむずかしいくらいだった。雪山を越えるみたいに、たぶんいちばん臭いのきついキッチンと、おふろとトイレのドアの前を歩いて、日光が細く入っている、たぶんリビングにあたる部屋についた。

「座りなよ」

ハナは、ゴミなのか洗たく物なのかわからない、足元のぐしゃぐしゃになっている場所に足先をつっこんで、乱暴にぐるぐるとかき回した。足を抜くと、ちょうど直径四十センチくらいの丸い形に床が見えた。ハナはさらにもうちょっと離れた場所に同じようにぐるぐるとやって円形状の床の空間を作って、器用にその中へすっぽりと座って、そばにあったゴミ、たぶん昨日とか今朝とかに食事をした残りのコンビニ弁当のカラなんかが入ったビニール袋の中から、大きいペットボトルのオレンジジュースが残っているのをさぐりだした。フタをひねって鼻先で二、三度クンクンとやってからそのまま口をつけて、おもちゃみたいな色のジュースを飲む。それまでの動作が流れるように自然だったので感心してしまった。

足元にある、ハナが作ってくれた床の空間に、なかなか座る気になれなくて立っている。見下ろす円形の床に、狙いを定めてハナのように見事にすっぽり収まれる自信がなかった。

「さっきの話なんだけど」

立ったままで切り出した。ペットボトルをあおりながら自分のことを見あげていたハナは、

「もう少しで、姉ちゃんが帰ってくるからさ、楽しみにしてなよ」

と笑う。何を言っているのかぜんぜんわからなかったので言い返すこともできず、ただ立っているしかなかった。部屋は汚れているのをまわりに見られないようにカーテンが引いてあって、よけいにホコリっぽさとかカビ臭さを増しているみたいに思えた。ハナのペットボトルの中にちょっと残っていたジュースがなくなるころに、玄関が開く音がした。

部屋のドアのあたりを見ていたハナのうす笑いは、ドアが開く数秒前に固まった。ちがう、と口だけ動いた。ドアを開けたのは、ハナのお姉ちゃんではなさそうだった。お兄さんというにはちょっと歳がいっていて、かといってあまりにも親っぽい感じのない男の人だった。髪の毛は金髪に近い茶色で短く刈り込まれ、動きや顔つきを見ただけで、酒を飲んでいるということが初対面でも明らかだった。Tシャツは首のところがのびきっ

ていて、お腹のところに大きく『ＤＯＧ』と書かれていた。

「おかえりなさい」

その言葉は、今までハナの口から出ていた、自信たっぷりなものとまったく別の種類のものに聞こえた。ハナは怯えているようにも見えたし、ちょっと諦めたような、冷めた感じにも見えた。

「なんだこのガキ」

男はこちらを見ないままハナに言った。

「なにって、友だち」

ハナが片手で軽く背中をこづいてきて、それから小さくアゴと視線で部屋のそとをさした。ゴミに足を取られながらこそこそと外にでているあいだ、男もハナも、まるでふたり以外はこの部屋にいないと決めたように、一回もこっちを見てこなかった。

玄関をでて、団地の階段で座って待っていると、ハナがいくつかの服やタオルを抱えて早足ででてきた。そうして階段の踊り場にある柵から上半身を乗り出して、団地の外、植え込みのあるところにむかって、さっき飲んでいたオレンジジュースと同じ、おもちゃみたいな色の液体をものすごい勢いで口から噴き出した。吐いたものはしぶきをあげて夕焼けに光った。背中の筋肉をしぼるみたいに動かして残りのジュースをもう二回小さく吐いたあと、そのままこっちを見ないで階段を降りはじめたので、立ちあがってあとをついて行った。

洗濯物を洗っている公園の水道の水は冷たくて、あっという間に両手の感覚はなくなった。

「いいんだけど。手伝ってくんなくても」

ハナの顔は平らな部分が真っ赤に腫れて、垂れてはいないけど鼻の穴には血みたいなものがこびりついて固まっているのが見えた。

「痛くないの」

「慣れた」

「行かないの、警察とか相談所とか」

その言葉で、今までずっとふて腐れていて、でも妙に冷静だったハナが、とつぜん泣きそうな声で、

「いやだ、絶対そんなとこに行かない。言わないでよ誰にも。お願いだから」

と、頼むみたいな言いかたをした。

それからはまた、ふたりで黙って、背中を丸めて公園の水のみ場にしゃがんでタオルや靴下を洗っていた。

しばらくして、背中の上から声がした。

「あー、またこんなことやらされてるし」

ハナが顔を上げる。声がはずんだ。

「ユメ、ユメおかえり」

振り返ると、目の前に見覚えのあるマーブル模様にプリントされたカラータイツの足があった。

「こっぴどくやられたねえ」

そう言ってハナの顔を見て、それから視線をこちらにむけると、あれ、という表情をした。

ハナの姉のユメというのは、スカートの長さ調査の時に目が合った、ピエロみたいなかっこうをした女子中学生だった。あのときと同じような柄タイツに、ふざけているみたいに短いプリーツのスカート、巻き髪は今日、ふたつに束ねられていた。ハナと似ているのかどうかは、とんでもない化粧のせいで、ちょっとわからなかった。

「あんたユメのことエロい目で見てたんだって？」

いままで忘れていたけど、どうやらハナが話しかけてくるきっかけになった『よからぬたくらみ』というのは、ハナの姉のピエロ女子を待ちぶせて見つめていたという勘ちがいのことだったのかもしれない。

「いや、それはちがう」

とりあえずそのことは言わなくちゃいけないと思ったけれど、ハナは信じてくれない気がした。

「いいけどね、ユメはアンタみたいなガキ、相手にしないし。超すごいカレシがいるから」

ハナはなんでかぜんぜんわからないけど自慢げに言った。

「ばかなこと言ってないで顔冷やしなよ。腫れ引かなかったらまた学校休ませるよ」

ハナはユメに抱え上げられて公園のベンチに座らされると、

「これでしばらく押さえて」

と、ぬれたタオルを頬に当てられた。ずいぶんと手際がいいので、ユメのほうもこういうことには慣れているんだろうと思えた。少なくとも、今日が初めてじゃなさそうだった。

「変なことに巻きこんじゃったんだね。ごめんなさい」

ユメは水のみ場に戻ってきてしゃがみながら、声を掛けてきた。

意外だった。ユメは、想像するよりずっときちんとした言葉を使ってしゃべった。しゃべりかたも態度も、ハナどころか周りの大人たちよりも、ずっとていねいだった。見た目がピエロなのに。

「あ、はい、いえ」

となんとなく返事をしただけで、けっきょく、気になることはなにもきけなかった。

家族のことも、なぜ警察に言わないのかということもわからないままだったけれども、そんなことをきいていいのか悩みながら、ただタオルをすすぎ続けた。すぐ隣でしゃがんでみて初めて、柄タイツに透けて見えた脚がアザだらけだったことがわかった。驚いて顔を見ると、化粧やつけまつげで飾られていた顔にも、同じような内出血らしい紫色がうすく見えた。ユメは洗っている途中のぬれた服やタオルを、自分の制服がぬれるのも気にせず抱えて持つと立ち上がって、言った。

「寒いし、まとめてやっちゃおう」

コインランドリーの細長い空間はむしむししたけど、公園の水のみ場の寒さとくらべたら天国みたいだった。ユメに買ってもらった紙パックのバナナミルクを飲みながら、中のベンチに三人並んで座って、小さい丸窓の中で回転するタオルをずっと見ている。こういう場所に入るのは初めてだった。床に座って牛丼を食べている若い男の人や、髪の毛にカーラーをつけたまんまでスマホの動画を集中して見ている女の人がいるのがおもしろかった。それに、ふだん自分の家で一台しか見ない洗濯機が、あまり広くない場所に集められてたくさん並んでいるのを眺めているのもわりと楽しかった。とくに、ふつうの電器屋にもないような銀色の大きな乾燥機が並んでいるのが、潜水艦の窓みたいで気に入った。

冷やした効果があったんだろう、ハナの顔は口の端や小鼻の周辺が若干赤くなっていたけれど腫れはもうだいぶひいて、鼻歌を歌いながらイチゴミルクを飲んでいる。たまに雑誌をめくっているユメを見つめては、決してかわいげがあるとは言えない感じの笑顔でこっちに目配せをしてくる。ハナの勘ちがいには困ったけれど、じいちゃんとのことがばれていなかったみたいでひとまずは安心した。でも今は、それよりもずっと気になるいくつかのことがある。

あのときハナと父親を部屋に残したのがまちがいだったんじゃないのか。というか、今日起こったことは、ほんとうにあったことなんだろうか。もし自分の身にこんなことが起こったとして、こんなふうに、さっき飲んだオレンジジュースをそのまんま吐いたばかりなのに、笑ってまたイチゴミルクを飲んでいられるんだろうか。

自分の家に帰ったあとも、ずっと考えていた。今日初めて会ったハナと、その少し前に目撃していて、偶然もう一度会った女ピエロ、ハナの姉のユメと、その父親。

この町にかぎらなくても、家族なんて多少のちがいがあったってみんな同じように生きてるとばっかり思っていた。

家に帰ると母さんが夕ごはんを作っていて、できたころ父さんが帰ってくる。母さんが、父さんにおかえりを言う前に小さい声でつぶやいた。

「そういえば、おじいちゃん遅いね」

八時になってもじいちゃんは帰ってこなかった。父さんは公民館や図書館を回ると言って、母さんも近くを探すからと出て行った。連絡があるかもしれないから、待つようにと言われて、リビングでなやんでいた。

こんなことになってしまったんだから、あの、じいちゃんとの秘密の場所をみんなに教えなくちゃいけないのかもしれない。それとも今、こっそりとひとりで見に行ったほうがいいのかも。九時を過ぎたあたりに父さんも母さんも戻ってきたけれど、まだじいちゃんは帰ってきていなかったし、それらしい情報も連絡もなかった。リビングに集まって三人で話をする。

「警察に伝えるのは明日のほうが」

「具合が悪くなってても、どこかで休ませてもらえてるといいんだけど」

「実は」

考えていたことを言おうとして口を開くより先に、母さんが切り出した。

「おじいちゃん、この間の検診で少し記憶の機能に問題があるかもしれないって言われたから」

母さんも最初はまさか、と思ったので家族には言わないでいたらしい。今日だってじいちゃんは本を読んだり、散歩したり、いつもと変わりなくみえた。だからこんなことが起こるなんて、母さんだけでなくてみんな思ってもなかった。

「ただ、思いあたることがないわけじゃなくて」

と母さんが話すのをさえぎって言い出そうとして、でも言えなかった。じいちゃんは専門のお医者さんから見たらそりゃ厳密には病気なのかもしれないけど、それでもその、母さんの考えているいくつかの「思いあたること」は、秘密があるのをばれないようにひとまずはうまくごまかせていて、だから母さんがちょっとおかしいと感じているだけだ。

でもそれをしゃべってしまったら、病気じゃないことの証明のために、じいちゃんが大切にしているものを台なしにしてしまったら、それがかえって、もっとひどいことになってしまうんじゃないか、という気もした。

ドアの音がした。三人で玄関に行くと、泥だらけになったじいちゃんがいた。

「お義父さん」

「土手で足を滑らせてしまって。しばらく動けないでいたんだ。遅くなって、心配を掛けて申し訳ない」

「いいんですよ。無事でよかった、ほんとうに。おふろわいてますよ」

母さんの言葉にじいちゃんはゆっくりと、ちょっとよろつきながら玄関を上がって、こっちには目も合わせないまま廊下をおふろのほうへ進んでいった。

そのあとのしばらくのあいだは、学校が終わっても友だちと遊んで過ごした。たまに秘密の場所に行ってみても、テントの中は空っぽだった。遅くまで帰ってこなかったあのとき以来、じいちゃんは家族のすすめで簡単な操作で使える携帯電話を持つようになった。でも、少なくとも学校から帰るくらいにはもうじいちゃんは家にいたから、それが使われることはなかった。家の中では、新聞のことについてはもちろん、ふつうの会話もあまりしなかったから、じいちゃんにずっとなにをきくこともできないままだった。

新聞を手伝いはじめたころは、なかなかうまくテントにたどり着くことができなくて、あちこち迷うことがあった。そのせいで、うろうろしながらややこしい道をたくさん使ったときには、町のいろんな場所とか近道を知ることもできたので、けっきょくはいいことだったと、じいちゃんにほめられた。

といっても、自分がずっと住んでいる町で道に迷うのは、想像していたよりずっと恐いことだった。数メートル前までいつも歩いている道を進んでいたと思ったら、いきなり、一歩進んだだけで見たことのない場所に変わる。見たことのある風景と、まったく知らない風景が通路や曲がり角ひとつ過ぎるだけで混ざり合っているのは、もともと知らない場所で迷うよりもずっと不安な感じがした。

一度、入ったことのない神社に迷いこんでしまった。小さい鳥居だったので無人の神社だと思っていたのに、入ってみると意外と中は広かった。社務所はあったみたいだけど管理に手が回らなくて石畳の隙間から長い草が生えているような、荒れたところだった。まだ夕方前なのに背の高い杉の木が多いせいでうす暗くて、高台にあるから木の隙間から町を見おろす風景がちらちらと見えた。もう一段高いところには、小さい休憩所らしいものがひとつ見えた。ひょっとすると、まわりはぜんぶこの神社の敷地なのかもしれない。だとしたら、初めに考えていたよりびっくりするほど大きい神社なのかもしれない。町の中にこんなところがあるなんて、ちょっと信じられなかった。

木の根っこや石畳で地面がでこぼこしていたし、暗かったのもあって、いつもの歩幅の半分ぐらいずつ確かめるみたいにして歩く。

「なにかようかい」

耳のすぐ裏のあたりから声がして振りむくと、薄暗いところにいた声の持ち主は薄茶色の浴衣姿で、お面をかぶっていた。お祭りなんかでよく見るヒーローもののお面じゃなくて、白い表面に、口や耳のあたりに血のように赤い色が入っている、とがった耳や鼻の形からすると狐のような生きものの顔をしたお面だった。暗かったので、こんなそばにいたことに気づかなかった。

声も出せずにすー、と細い息を吐きながら尻餅をついたあと、やっとの思いで言った。

「その言葉、ダジャレですか」

「ごめんごめん、こんなんじゃ驚かしてしまいますね」

男はそう言って、お面の鼻先をつまんで、顔から引き剝がして上にずらすと額にのせた。じいちゃんと同じくらいの、もうちょっと丸い感じの男だった。なんだか見覚えがあったから、わずかのあいだ考えて、思いだした。

「渋柿」

じいちゃんが通っていた、正確には通っているとウソをついていた俳句教室で、年寄りの生徒たちを教えていた渋柿の先生だった。渋柿はていねいに頭を下げてから、手を差しだして引き起こしてくれたあと腰を落とし、ズボンの土を払ってくれた。気づかれないように注意深く鼻だけでふたつ深呼吸をしてから、尋ねた。

「神社で働いているんですか」

「いいや、そうではないんですけれども、ここでいつも練習をしているので」

「ひとりで」

「はい、ふだんはあまり人がいない場所なんですが、たまに散歩なのか、どこに住んでいるのかわからない女の子が来ます」

こんなところに？　と言いそうになって、やめた。

「でも、今日は君がいました。だから、せっかくだしいつもとちがう人にも見てもらいましょう」

そう言いながら渋柿は、足元に置いていた古びた革製のトランクを開け、ごそごそとやり始めた。まず額にのっている狐のお面を外してトランクにしまう。代わりに取りだした、上が平たくなっている麦わら帽子をかぶり、耳にかける部分がヒモの輪でできた丸いメガネをかける。渋柿が着ている浴衣とよく似合っているなと思った。

「なんの練習ですか」

目の前に、ぼ、と青緑色をした火の玉がひとつ浮かんだ。びっくりしてのけぞると、その火の玉は白い一羽の鳩になって、したくが終わって立ち上がった渋柿の出す人差し指に二、三回羽ばたいてから羽を閉じてとまった。

「手品」

と言いながら、鳩にかぶせるように渋柿は自分の麦わら帽子をかざして、それから内側を見せるように返すと、もう帽子の中にも人差し指にも鳩はいなかった。代わりに指の先で一本の、ひとめで造花とわかる派手なピンクのバラをつまんで持っている。大げさな勢いをつけて、エイヤ、みたいなかけ声といっしょにバラを空中に放り投げる。バラは空中で同じ派手なピンク色をしたハンカチくらいの布に変わって、ふわふわ落ちてくる。渋柿がそれを下からつかんで揉(も)みこむようにすると、中から何枚かの羽毛を散らして、さっき消えた鳩が羽をぱたぱたさせながら出てきた。起こっているふしぎなできごとと、型どおりに決められたていねいで無駄がない動きは、ほんとうの魔法みたいに見えた。

渋柿は、

「手品を見るときに人は、まったく反対の気持ちが産まれるんです。そのたねを知りたい、という気持ちと、一番完全な形でまんまとだまされたい、という気持ち。私たちは、その葛藤の隙間を見てもらうんです」

そう言うと帽子をとって一礼して、鳩を肩に乗せたままトランクを持って歩いていってしまった。

その日からしばらくわざと神社を通ったけど、渋柿には会えなかった。

「あれ、中野サト」

川の土手で座っているときに声をかけてきたのはハナだった。久しぶりに会ったハナは、やっぱり顔が平らで、この間より若干髪が短くなっているけれどもボサっとした印象に変わりがなかった。眺めていると嬉しそうに、ユメに切ってもらったんだと言った。傷は時間がたってよくなっていたように見えたけれども、そことは別の、口の端にまた違った内出血を作っていたみたいだった。ハナはジャージの上下という、寝るときみたいなかっこうをしている。ここはハナの家からそうとう離れているのに、ちょっとおかしいなと考えていると、ハナは横にしゃがんで、ジャージのズボンからアメをひとつ差しだしてきて、自分でもひとつ食べた。個包装のビニールごと口に入れて、歯でアメをしごいて器用にビニールだけを口から抜き取る。手のひらにアメを載せたままその様子を見て、自分もやってみたいという気持ちになったけれども、ハナのようにうまくできる自信がなかった。この間、ハナの家に行って床にしゃがむときにも同じ気持ちがしたのを思い出した。

「ごめん、こないだ。ウチで」

「大丈夫なの。ケガ」

「ああうん、最近オヤジきげん悪いし面倒くせえの」

ハナの父親は日雇いなので、仕事が少ない日は早めに帰ってきたり、時にはなんの仕事をすることもなく家にいると言った。そんなときは父親のきげんもすこぶる悪く、そこでハナはこの町内をどこということなく散歩して、姉が帰宅するまでの時間をつぶしているらしい。

「ゲーセンで産まれたんだよね私」

最初、ハナの言葉の意味がよくわからなくて返事をしなかった。ハナは返事がなかったことを気にとめないふうで続けた。

「プリクラのブースでお母さんは私を産んだんだよ。これ、すごくない？」

驚いた。ハナは自慢をしている。

たしかにゲームセンターの中でもプリクラは端っこにあってカーテンで仕切られてるし、いくつもあれば目立たないのかもしれない。

「すごく私が冷たかったんだって。それで、プリクラの機械に立てかけてあった発泡スチロールの入れ物にひとまず私を入れたんだって。でもそれ、ＵＦＯキャッチャーで取ったオモチャの銃の空き箱のゴミだったらしくって」

ハナが手首をつかんできた。ちょっとびっくりしたけど、振り払うことはしなかった。

ハナは自分の首から後頭部の所に手首を持っていって触らせてきた。ハナの髪の毛は見た目ほどごわついてはいなかったどころか、毛が細くて、ふわっとしていた。そのことを言うと、きっとハナはユメのシャンプーがいいんだと言って自慢するんだろう。

「その発泡スチロールの入れ物の内側が銃の形にへこんでて、そこに無理やりはめこまれてしばらく置いとかれたから、ここの形が変なんだ」

ハナは手首をつかんだまま、自分の後頭部にあてがってさぐらせるように動かした。

手のひらの感触ではたしかに、ハナの後頭部から首筋にかけて、人の体にはあまりない直線的なカドがあるのがわかった。

「ほんとだ、ほんとだ」

ふつうに産まれて育ってきた人間にはないはずの、そのかくんとしたところがおもしろかった。確かめるみたいに何度もその部分を押さえて、そのたびにつぶやく。ハナはちょっとのあいだ満足そうに目を閉じていたけど、しばらくして目を開けて、川のほうを見て言った。

「あのじいさん」

川の水ぎわで、上体を大きく揺らしながら足をもつれさせて歩くじいちゃんが目に入った。スーパーのビニールバッグや汚れた布の袋みたいなものを重そうにいくつもぶら下げている。一歩ごとに転びそうに左右によろけた。目が離せないでいると、先に口を開いたのはハナだった。おぼつかない足取りのじいちゃんを見ながらハナの言葉の続きを聞く。

「昨日は川むこうの公園で見たよ。その前は駅の裏手の駐輪場のあたりだったかな。結構最近よく見るんだよ、あのじいさん。あれさ、袋の中になにが入ってると思う？」

ハナは言葉を続けた。

「すごいんだよ。あの袋さあ、パンパンに石入ってて。ただの石だよ？　こないだ転んだときにぶちまけたんだけど、だいじそうに拾ってんの。もう、アレだね。絶対ボケちゃってるねあのじいさん」

声を出さないで、鼻息だけで笑ったハナのほっぺたの内側、上下の奥歯に挟まれていたアメが砕ける音が聞こえた。立ちあがって、家にむかって歩いた。一歩ごとに歩幅が広がって、だんだん小走りになって、それから全力で走った。

汗びっしょりで泥だらけのじいちゃんが宝物みたいにして運んでいたのは、ただの石ころだった。

むずかしそうな本を読んで、たくさんのことを教えてくれたじいちゃんが、じつはこの世界にはもう存在していないんじゃないか、どんなに全力で走ってもじいちゃんに追いつかないいんじゃないかと思えた。でも、泣きそうな気持ちにはならなかった。

その日もじいちゃんは、たまにちょっと遅くなったけどまあふつうの時間に、いつものシャツ姿で帰ってきたし、次の日にテントに行ってみても、やっぱりなにもなかった。

いつもの学校からの帰り道、カズがあげた声を二度、聞き返した。

「だから、久しぶりに新聞でてるんだって」

カズの視線を追ったら、いつもの広場のカベに見なれたサイズの紙が貼りだされているのが見えた。カズに焦ってることをへんに思われないくらいの早歩きでカベに近づくと、見慣れた太字で書かれたタイトルがあった。ただ、いつも通りなのはそこまでだった。

「なんだよ。久しぶりだと思ったらサイシュウカイだってよ」

タイトルの横に書いてある三文字の漢字を見てカズは言った。ふりがながふられていたけれども、漢字だけを見てもわかるのは、マンガ雑誌で見なれていたからだった。今までおうえんありがとう。新れんさいをお楽しみにっていうやつだ。

いつもの細かくてていねいな文字はなかった。かわりに、ばらばらの水玉模様みたいな薄い色の丸印がいくつもついている。

カズが新聞を眺めている横から、すり抜けて家に帰った。

じいちゃんがまだ新聞を作っていた。ただ、それは最終回で、そしてなにも書かれていなかった。自分が知らないうちにいろんなことが進んでしまっていることについてだとか、新聞の内容についても、いったいどういうことなのかききたい、手伝わせてくれなかったことにも文句を言いたい気持ちがあった。ただ、どちらにしてもわくわくしていることに変わりはなかった。

「ただいま」

家に帰ると母さんがバスタオルを紙袋に詰めていた。

「おかえり」

母さんは続けた。

「おじいちゃん、お昼過ぎに家に帰ってきてすぐ倒れてね、今日から入院することになったから」

＊

あのころは、腕だって今より絶対短かったはずだし、こんなに深く埋めることができたんだろうか。

雨はやんでいたけど、土は水分をたっぷり含んでいて、ひじから先が泥だらけになった。かつて静吉がいたテントはすでにほとんど元の形を失っていたものの、傷んだ古い文机はかろうじてこの穴を守ってくれていたらしかった。

土の中から掘り出した箱はスチールでできた菓子缶で、子どものころ、穴の中に戻したときよりもさらに古びて、そのうえひどく錆びてしまっている。缶の表面についた土を手のひらで拭って、それからしっかり閉まったフタに爪をかけ、力を入れて開けた。中にはいくつかの紙が、あのときと変わらないまま腐ることなく入っていた。

まず、四枚の質がよさそうな厚手の紙。黄色っぽいのは古いせいかもしれないけれども、前に見たときも同じような色をしていたかもしれない。それは英語で書かれたなにかの書類だった。文字によってはかすれていたり、逆に濃くですぎて滲んでいるところもある。文字の部分が紙に押しつけられたみたいに軽くへこんでいて、表面を触るとでこぼこしていた。一文字ずつ、スタンプのようにして印字されている。いま見ると、これがタイプライターで打たれているものだというのがわかる。子どものころ見つけたときにはわからなかった文章の内容も、ぼんやりとではあるけれど理解ができた。なにかの契約書みたいなもの。外国の、なにかを注文したときに交わした約束ごとみたいな書類だった。最後の一枚にはペンで英語のサインがしてある。ていねいな英字で誰かの名前が書かれている。知らない名前だけどこれは静吉自身が自分とは別の名前を、注意ぶかく書き入れたものだということが、今となったらきちんと理解できた。

箱の下のほうには、しわくちゃの紙幣が何枚か入っていた。おそらくいろんな国の、デザインや文字が刷られた見たこともないものがごちゃ混ぜになっている。

あのとき、テントでこの箱を見つけて中から一枚だけ盗みだしていたものをポケットから出す。日本のものであることはまちがいないように思えたその千円札は、知っているどんな日本の紙幣ともデザインがちがっていた。

たしかそのとき、これは昔のお金だと思ったんだろう。調べるつもりで、少し借りようと取り出していたんだった。

調べるのも返しに来るのも、ずいぶん遅くなってしまった。

最後に、箱の底には手のひらにのるくらいの折鶴が入っていた。これは、子どものころには気づかなかった。あのときこんなものは入ってただろうか。

缶の中から折鶴だけをつまみだして、持ってきた千円札は缶に戻す。折鶴をポケットに突っこんでから、残ったものは缶の中にすべて戻して、フタをしめた。

もとあった穴の中に収めて、掘り広げた穴を埋め直して板とビニールシートでふさいで上からやわらかく土をかぶせる。手が湿った土で汚れたのをはたいてパンツの生地で拭いながら、公園のそばにとめてある車にもどる。

＊

なにかの治療を済ませて個室に移されたじいちゃんは、喉や鼻にビニールの管のついたかっこうで、薬が効いているのか元々それが正常なのか、静かに眠っていた。若くて声の小さい救急の先生は、何日かは目がさめないかもしれない、目がさめても元と同じようになるのにはそれなりに時間がかかるかもしれないと説明をしてくれた。

じいちゃんの寝ている病室ではなく、誰もいない待合室に座っていると、夕方が過ぎて暗くなってから父さんがスーツを着たまま病院に来た。仕事帰りの通勤かばんといっしょに、コンビニのビニール袋をぶら下げている。父さんは隣にきて座ると、袋の中から小さなパックの牛乳とサンドイッチをだして手渡してきた。そうして自分はおにぎりのフィルムを剝ぎ取りながら話をはじめた。

父さん、おじいちゃんとあまりたくさん思い出がないんだよな。父さんの小さいころはこの町にも工場がいっぱいあって、っていっても、何人かでやっているような小さい工場だったけど。

おじいちゃんはいつも、ほんとうに忙しそうで、今みたいに土曜日がお休みじゃないし、夜遅くまでどこの工場の明かりもついていて、ずっと中の機械が動いてた。父さんが起きてきたときには、おじいちゃんはもう仕事にでていたし、学校が終わって夕ごはんの時間になってもおふろからあがっても、おじいちゃんは帰ってこなかった。

おじいちゃんはこの町からかなり離れたところで産まれて、いまでいったらまだ高校生みたいな若いころに、仕事をするためにこの町にきたんだ。そのころ、たくさんの若い人がおじいちゃんと同じように遠い町から夜行列車に乗って仕事をしにやってきた。国がそういうことを進めていたんだ。今みたいに新幹線とかＬＣＣとか、高速バスみたいなものもない時代だったから、仕事をはじめてしまったらもう田舎に帰ることなんてほとんど、考えられなかったんだろうな。だから父さんはおじいちゃんの育った町とか、おじいちゃんのお父さんとお母さんのこととかは、よく知らないんだ。おじいちゃんと遊ぶこともあまりなかった。キャッチボールとか、海に行ったりもしなかったし、もちろん、遊園地に連れて行ってもらったことなんてなかった。

父さんの話が途切れると、暗い待合室で、サンドイッチのフィルムを外す音と、おにぎりの海苔（のり）をかむ音、飲みこむときの音だけがひびくみたいに聞こえてきて、それからまた、父さんが話をはじめた。

「そういえば」

町に、移動遊園地なるものがやってきたことがあった。朝起きたら、広場にいきなり遊園地ができていたんだ、寝ぼけていたのか、さもなければ町のみんなにだまされているみたいだった、と父さんは言った。その移動遊園地は、父さんが野球帽をかぶっていたぐらいの子どものころ町にやってきた。ただ、どこかの広い空地にきたのは覚えているけれどもそれがいったい町のどのあたりだったか、今みたいに整理されていない、小さい工場と空地だらけの町だったから忘れてしまった。とにかく遊園地は町の中のどこかの広場についた。

まず、巨大な張りぼての象の頭があった。今思えば、マンモスやナウマン象のようなものだったかもしれないし、ひょっとしたらインドの神様なんかだったのかもしれない。あるだろ、インド料理屋の奥にあるみたいな。ようするに、牙があって、耳が大きくて、鼻の長い生きものの頭が、トラックの先頭にへばりついていた。張りぼてというよりはからくりじかけの装置みたいなもので、耳や鼻には蝶(ちょう)つがい状の金属や歯車がいくつも組みこまれていて、細かく区分けされた部品同士はワイヤーや油圧のピストンでつながれているのが見えた。みんな、本物の象を見るよりも興奮していた。象は動物園に行けば見ることができるけど、本物の象と同じくらい大きくて動く、象の首のニセモノなんて見たことがなかったから。トラックは移動遊園地の荷物を運ぶ以外にも、パレードのときの山車も兼ねているみたいだった。運転席のスイッチやレバーで象の目が光ったり、鼻や耳が動いたりした。部品も丸見えでかなり適当な作りの割にどういうわけだか動き始めるとそれが妙にリアルで、ほんとうに象の首を生きたままトラックに継いだように見えた。

ほかにもからくりの作り物は、たとえばギリシャ彫刻風の白い女神像だとか、巻貝に入ったイカのお化けのようなもの（父さんはアンモナイトと言ったけど、色や貝の形状を聞いていると、オウムガイだろうと思えた）、恐竜の骨格標本、どれも巨大で、そして本物みたいに動いた。

「いや、女神像や恐竜の化石の本物はもともと動かないな」

と、父さんは自分で言って自分で笑ったけれど、さほどおもしろいと思わなかった。

張りぼてがいくつもついた大きなトラックに積まれていたのは、載せてきた動物の檻だと思っていたものが、実は解体して組み立てると乗り物の鉄骨になったり、トラックの荷台のカバーがそのままテントになったり、うまく作られていた。トラックは何台も行列を作って広場にやってきて、それから一晩のうちに、広場には布製の宮殿が建って、広場を囲むようにして敷かれた線路にミニチュアの汽車が走った。観覧車もあったけど、それは小さくて、鉄骨の中心で人がハムスターみたいにして歩いて回す、人力で動くものだった。空気を詰めた柔らかい素材でできた入口ゲートをくぐると、電気で光る飾りをおでこや首に飾りつけられたロバが、ピラミッドやエッフェル塔の背景が描かれた板の前にいて子どもが乗るのを待っていた。

「ピラミッドはともかく、パリでロバに乗っているのはいったいどんな民族だろうな」

白塗りのピエロは、良く見ると派手な飾り襟の下に胸があって、女の人だった。彼女はパントマイムで風船を膨らました。ほんとうにはないはずの風船は大きく膨らんで、ピエロの体をだんだん持ち上げる。宙に浮いて滑るような爪先立ちで右に左に振り回されていって、最後には巨大な風船が割れて尻餅をついた。尻をさすりながら立ち上がった女ピエロは、野球帽をかぶった父さんの目の前で声を立てずに笑って、尻にあてていた手にいつの間にか持っていた、細長い風船を曲げて輪にしてつなげたハートを手渡してくる。

移動遊園地は一週間だけそこにいて、来たときと同じように一晩で広場からきれいさっぱり姿を消した。連れて来るのにもお金がかかっただろうと想像がついたものの、そのときまではみんな、町内会や商店街の役員の誰かが呼んだんだろうと考えていた遊園地は、実際どういういきさつでやって来たのかわからないまま、いなくなってしまったらしい。

大人になってからも、あれはなんだったんだろう、ひょっとして現実じゃなかったんじゃないかみたいに考えて、たまに人にたずねてみるんだけど、父さんのほかの、同じ町に住み続ける数人の大人は、この移動遊園地のことを覚えていたけれど、ロバやピエロはたしか作り物のロボットだったとか、遊園地はぜんぶ映像の中でのことで、町に来たのは移動の映画館だった気がする、みたいな感じで、覚えていることのさかい目がぶれてあいまいにぼやけていっているみたいだった。

「父さんにももう、わかんないんだ」

そう言うと父さんは、コンビニの袋に食べ終わったゴミをものすごく小さく圧縮してまとめて縛った。

広場のカベにむかって立っている。空は雲が厚くてこれからすぐにでも雨がふりそうだったから、広場で遊んでいる人はいなかった。カズといっしょに見ているのは、カベ新聞だった。今までの新聞とくらべてあきらかにちがっているのは、タイトルと、最終回ということのほかは表面になにも文字が書かれていないこと。それと紙質だった。わら半紙みたいな粗い質感は遠くから見るといつもと同じものみたいに見えるけど、今回使われている紙はかなり厚みがあった。でも、ふだんから刷りだし用の紙を束で見ているぶんにはあまり気づかないようなちがいだった。ふつうに見ているから、すぐに気づいたし、自信があった。じいちゃんは上等な紙をこの日のためにとっておいていたんだろうか。新聞のすぐそばまで近づいて、指先を紙の上に置いて、ゆっくり左に、それから右になでた。指先になにかが引っ掛かる。紙の表面にあるでこぼこは、ただのざらつきとはちがった。鉛筆の軸よりちょっと細いくらいの直径の、丸いへこみがついているせいで、薄い丸いもようが見えていたんだということに気がついた。

なんなんだろうな、カベ新聞て、とカズが言った。宣伝や選挙のポスターでもない、ポストに入ったチラシでもない、カベに貼られた新聞ていうものは、いったいなにを伝えるためのものなんだろう。逃げた生きものを探したいわけでも、犯人を捕まえたいわけでもなく、新しくお店が開くのでも、下にれんらく先が書かれた、ちぎれる紙がぶら下がってるわけでもない。

知らせたいことを、隣どうしにいる人と同じように読むことができる？　同じものを読んでいることがわかるのが安心？　隠さない？　どれもなんか、ちょっとちがうんじゃないかって思う。

気配がして振りむくと、白髪が混じった頭の、ニコニコ顔の男の人がいた。

「渋柿」

「なに？」

カズが聞き返してきたけれども、説明するのが面倒くさくて黙っていた。公民館で俳句の先生をしていた、あのとき神社の荒れた境内で手品を見せてくれた人にまちがいなかった。

「最終回なんですね」

渋柿はメガネをおでこのあたりまで持ち上げて、紙の表面に顔を近づけた。紙の端から端まで鼻先を滑らせて、太い人差し指を紙の上をなぞって動かす。そうしながらもごもごと声に出さずになにか唱えている。しばらく見ているうちにそれが、紙にあるでこぼこの数を数えているんだと気がついた。

「タテが十二と、八十、八十マス」

渋柿は笑顔のままで、カベ新聞の正面から顔を離して、額に上げていたメガネをもういちど引き下げて言った。

「ホレリスコード」

続けて言う。

「昔はデータを記録して、保存するために穴の開いた紙を使っていたんです。このカベ新聞の紙には、そのときに使っていた紙が漉きこんである。ずいぶん手間のかかることをしています」

渋柿は広場からでて、カズといっしょについてくるようにと言った。

「うちの倉庫にまだカードを使ってデータを読むマシンがあったと思います」

その家は、渋柿のゆっくり歩きでも五分ちょっとしかかからないくらいの場所にあって、町の中でもかなり大きくて目だつ鉄筋の建物だった。家という言葉で想像していたのとずいぶんちがって、大きいんだけどあんまり人が住むために作られているふうには見えなかった。ここは昔、印刷工場だったけども、今は三階に住んでいてそこしか使っていないらしい。

一階は倉庫みたいになっていてカギもかかっていなかった。というよりもドア自体がなくてぽかんと入口が開いていた。渋柿は入ってすぐのカベを手で探った。スイッチらしきものをいくつか弾く音がして、それから遅れてしばらくチカチカしてから倉庫の中が明るくなった。すぐ横でカズがすげえ、と言った。

倉庫の内がわのカベのうちの一面が、モニター画面でいっぱいになっていて、それぞれの隙間はいろんな色のコードでつながれている。画面は、テレビにしては四角い箱みたいで、映る面が平らじゃなくてほんのちょっと丸く出っぱっている。ホコリっぽいけれども、ときどきは手入れされているみたいにも見えた。家や学校で見るものと似ていて、でもいまひとつなにに使うのかわからないような機械がぎっしり、はまっているみたいにして置いてあった。今までどこでも見たことがないほどひとつひとつ大きなボタンが並んでいるキーボードとか、薄い茶色に色づけされた透明プラスチックカバーのついた横長の機械、なにかのプレーヤーか、プリンターかもしれないもの。積みあげて置かれたたくさんのプラスチックでできた薄い箱が、カセットテープというものだということは知っているけれど、家にはなく、学校で見せてもらったことがあるだけだった。

　渋柿が、機械のいろんな所から突きでた、いくつかの斜めに出っぱった棒みたいなスイッチを、パチンパチンと反対がわに動かすみたいにして入れた。カベが響いて震えるくらいの低い音がして、いくつかの機械の電源ランプがついた。赤くない、オレンジっぽい色の電源ランプだった。

　渋柿はそのうちひとつの前に腰をかけると、まわりをゴソゴソやって、ホコリの積もった紙製の箱を取りだした。フタを開けて、ホコリに何回かむせてから厚紙の束をつかみあげる。ここにある機械でカードに穴を打ちこんで、そのカードに情報を記録していたらしい。渋柿はいくつかの機械を確認してああ、これはやっぱりもう壊れているかもしれませんね、と言った。今はもう読み込む機械が動かなくてうまく使えないらしい。少なくとも町の中には、この機械は残っていないだろう、そもそも今の時代にはこの機械はほとんどの場所で使われていないらしい。読み取ってもらいたくても、それができなかった。

「この場所は、印刷所をやめてからもずっとカギを閉めることなく、友だちだとかそのまた仲間とも、いろんなことに使っていましたから。あの新聞を作っていた人もかつて、ここの機械を利用したことがあるのかもしれません」

「いつか、こうやってなにかを隠しておくためにですか」

カズが言ったことに、渋柿はちょっと考えて答えた。

「どっちも考えられます。いつか見つかったときに、壊れているのをわかった上で、読むことができないものを作ったのかも」

この機械さえ使えたら、あのデータが読めるかもしれないのに。渋柿はなんども電源を入れたり、つながったコードを差し替えたりしたけれども無理だったみたいで、残念だとくり返して、ほんとうに悔しがっていた。

「君は、中野さんのところの子でしたでしょうか」

と渋柿が言ったから、すごく驚いてうなずいた。

「静吉さんとはこの町で出会ったんです」

渋柿はじいちゃんと友だちみたいだった。

「同じくらいの時期に、地方から仕事に出てきていたのを知りました。あの当時、町はそんな若者がたくさんいました。最初は、彼が私の働く印刷所に機械の部品を納めに来たんです。友人、と言ってもほとんど休みなく働いていましたし、今みたいに携帯もパソコンもなかったので、たまに会って話すくらいでしたが。無理をされる方ですからくれぐれもご自愛を、とお伝えくださいね」

渋柿の持っているこの機械でなにかの秘密を知ることができるようなしかけのために、じいちゃんはこの紙を使ったのかもしれなかった。ひょっとしたら、渋柿もそのことをわかっていたんじゃないだろうか。だから、こんなに残念がっているのかもしれないとも思った。

「きいてもいいですか」

帰るとき、最後にどうしてもたずねたいことがいくつかあって、そのうちのひとつだけ、これなら怒られたり、いやな気持ちになられたりすることはないはずだと考えて、きいた。

「この町にむかしきた遊園地には、行きましたか？」

渋柿は、びっくりしたのと嬉しいというのの混じった、すごく変な表情をして、またすぐに元の笑った顔に戻ると、

「夢のようでしたよ」

と答えてくれた。

渋柿にむかってとてもていねいなやりかたで頭を下げると、渋柿も、たくさんの機械のまえで、きちんとしたおじぎをしてくれた。

なにも書かれていない新聞のうわさは、次の日には学校内に、それから数日のうちには町中に広がった。でも情報が隠されている可能性の高い、穴の開いた紙のことに気がついている人はいないようだった。

カズはそのことを得意げに思っているみたいだったけど、知っていたところで情報を

読む機械がないし、それなら知らないってのと同じだと思った。

＊

図書館にはわりと広い駐車場があって、慣れない駐車にも苦労することはなかった。そのうえ入るのにだって、身分証明書はもちろん利用者カードも必要なかった。それどころかこの町の住人である必要さえない。意外だった。図書館というものは、もうちょっと重要な、なんというか、えらそうな施設なのだとばかり思っていた。この図書館は子どものころに使ったきりだったし、今、自分が住んでいる町では、図書館なんてどこにあるかすら把握していなかった。自分が勝手にハードルを上げていたんだ。うんと開かれた、面倒のない場所だったんだと思い知ったことと同時に、図書館に入るにしては自分の手があまりにも汚れていたので、恥ずかしい気持ちになった。

まず、トイレを探して念入りに手を洗った。椅子に座って、シャツのポケットから折鶴をとり出して、テーブルの上に置いた。さっき缶の中から持ちだしたものだった。指先で鶴のくちばしとしっぽをつまんでひっぱり、お腹の下部分に爪を入れてひらくと、鶴は四角い紙と、それより一回り小さい紙になった。二枚の紙をかさねて折鶴に折りこんであったらしい。中に入っていたほうの紙は、古い新聞の記事の切り抜きだった。テーブルの上に広げて折り跡を破らないように気をつけて手のひらでのばす。古くなった薄い紙は、折り目のところからすぐに破れてしまいそうだったし、細かい文字は折れたところでインクがすれて薄くなり、読みにくくなっていた。記事の内容を確認する。写真もなく、タイトルもとても小さく、文章はあっさりとした短いものだったので、すぐに読み終わった。立ち上がって、資料室に入る。一部の場所を除いては、たいていの場所に入ることができた。そこで縮刷版の新聞と、いくつかの本を探しだしてきて、席に戻るとテーブルの上に本を並べて開く。最後にスマホを置いた。バッテリーの残量はとても少なく、自動の省エネモードに切り替わった画面のバックライトは暗かった。

家族もいない家からほとんど出ることなく、検索で得られる情報じゃ足りないと思い知った自分みたいな人間ができる旅なんてまったく限られていて、この場所にきて自分ひとりの力で探したところで、知りたいことが手に入るのか不安だった。しかも、拍子抜けするくらいに開かれている情報や記憶は、開かれているからこそぼんやりとして、なにが本当に自分が知りたかったことなのかわからなかった。

ゲームみたいに、見つけたい目標や拾い上げてほしい大事な手がかりは、ぼんやり光ったり点滅なんてしてくれていなかった。

＊

「すごいところに連れてってあげる」

ハナがきっぱりと言った。

授業が終わってカズと広場に行ったときに、先に広場にいたのはハナとユメだった。カズは横でなにがなんだかわからないといったふうに口を開けて、誰かに殴られた後みたいな顔をしている。無理もなかった。ハナと、横には見たこともない女ピエロみたいな中学生がいて、突然どこか、すごいところに連れてかれるのだ。

タクヤに車を出してもらうから、と言ってユメがワンピースのポケットから妙な千社札のたくさんぶら下がった携帯電話をひっぱりだして、電話をかけはじめた。

「タクヤって彼氏？」

聞くと、ハナは自分のことみたいに自慢げにうなずいて、ケータイも彼氏に持たされているのだと言った。中学生のくせに、車持ちの彼氏かよ、とカズは言う。電話がつながると、ユメは公園で会ったときから今までとぜんぜんちがう、甘えたような言葉で話しはじめた。

「タッくん、最近会えなくて寂しいよ。うん、最近は平気。でね、今から車出して。小学校の近く、新聞のトコ。そう。……五分以内！　そう大至急。こっち結構メンツいるから、大きいほうので。そう。あのピンクのゴージャスなやつ」

ユメはほとんど自分からばっかり話して相手の状況を聞くこともないようすで電話を切った。どんな近くに住んでいるのか、仕事があるのかないのかもわからないけれど、こんな急な言いつけにやってくる恋人がいるのだろうか、この、ピエロみたいな女子中学生に？　と考えながらハナとユメを順番に見た。

「今日見つけたんだ。すごいところ。この町であんなところがあるって、知らなかった」

ハナは今日、学校には行っていなかったのかもしれない。服装はこの間見たのと同じ、パジャマみたいなジャージの上下だった。二分もかからずに、広場の前の道にマイクロバスが大きいブレーキ音を出して後輪をすべらせながら、斜め回転するみたいになってとまった。ピンク色の車体には横に大きく文字が入っている。カズは色とりどりの丸っこいひらがなを、ゆっくり声に出して読んだ。りゅうおんじ……ようちえん。

勢いよくドアが開いて降りてきたのは、公民館でじいちゃんの後ろをつけていたときに会った、ツルツル頭の大きい男だった。この前と同じ、黒い着物をばさばさとさせながら大股に急いで広場に入ってくる。その後ろから、これもあのときとたぶん同じ、十人ぐらいのよく似た幼稚園児がでてきた。大男はその見た目からは思いもつかないほど甘えたような声をあげながら近づいてきた。

「ユメちゃん、ごめんね、待った」

「タッくん遅い」

「園児送るところだったから」

「公園」

「鬼ごっこ？」

「わたし知ってる、あれ鬼じゃなくてピエロっていうの」

園児がみんな、ばらばらに話す。

「タッくん、この地図の、この場所に行って。あと五分で」

ユメは、急いでいるときに五分という言いかたをするのがクセなのかもしれない。具体的な長さを言っているというよりは、たぶん適当なんだと思う。

「すごいものができてるんだ、石でできたカタマリがいっぱいあって、城みたいになっている」

ハナは冷静に説明しているけれど、離れた目の光っている感じを見たら、興奮していることがわかった。

「あの川に石をいっぱい集めてたじいさんいたじゃん。あいつが作ったんじゃないかって思ったから、教えないとと思って」

ハナはじいちゃんのことを知っていたのかと思って驚いたけど、そうじゃなかった。川にいたとき、ふたりでその姿を見ていたからみたいだった。

ハナが見つけたすごい場所というのが、じいちゃんと関係のあるものなのか、今はまだはっきりとわからない。ひょっとしたら、行ったとしてもわからないかもしれない。

じいちゃんが新聞にかくした秘密は、機械がこわれていたからけっきょく知ることができなかった。

急に、町にあるものをたくさん見て、調べていると思いこんでいた自分が恥ずかしくなった。ただ、ハナだって全部知っているわけじゃない。そう考えたら、なんか安心できた。

「あのお社の裏か。君らも乗んなさい」

「遠足だ」

「遠足」

「うみ？」

「ゆうえんちじゃない？」

さわがしい園児たちを再び乗せたバスにカズと乗りこんだその後からハナが飛びこんできて、ユメが押し入ってくる。身動きができないくらい人間が詰まったマイクロバスのドアが閉まると同時にギュルルルル、と音がした。直後に、かわいらしいピンク色の車は一気にスピードをあげた。段差を跳ねて、そのまま坂道に突っこんで、車の下の部分を縁石にこすりながら直角に車のお尻を振って曲がる。一番前の補助席に座っていたら、お尻が数センチ浮いてそのまま左に、それから右にすべって、隣の席の背もたれにつよく頭をうった。補助席はうまく固定されていないようで、すがりついていても体が不安定であばれてしまう。

「すごくいたい」

見たら、ひとつ後ろの補助席に座っていたカズが、席の背もたれを抱えこみながら同じおでこの横のあたりをさすっていた。その後ろにいるのは小さい子たちで、このひどい揺れの中でまったく動じないで、手遊びやじゃんけんをしながら笑っている。自分の隣を見ると、右ではハナがユメと一緒に、運転するタクヤにむかって行け、とべ、急げとあおっていた。

おまえらよく平気でいられるな、とカズがぎゅうぎゅうに詰まった子どもやハナやタクヤに声をかけると、園児はみんな、

「せんせいの運転慣れてるから」

「大丈夫だよ」

「コースターみたいで、おもしろいよ」

「ゆうえんち」

と言い、ユメが、

「お坊さんが乗ってんだから、こんな安心な乗り物はないじゃん」

と言う。カズが小さい声で極楽に一直線かもしんないじゃん、と返した。

「急いでいるところ、申し訳ないんですけど」

と声を上げると、タクヤとハナ、ユメがこっちを見た。運転手が振りむくというのがこわかったので、前をむいてもらってから、

「いっしょに連れて行ってほしい人がいます、もし、いたらでいいんですけど。その人のおうちに寄ってもらっていいですか、近いんで」

とたずねると、ハナもユメも、あれほど急いでと言っていたのに、おもしろそうだとわかってくれた。でもひょっとしたら、急ぐというのも別になにか大切な意味があったわけじゃあなかったのかもしれない。ただ、早く見たいとかそういうくらいの。

渋柿は家にいた。たいしたわけを話すこともできなかったのに、というかむしろたいしたわけなんかなかったのに、ただなんとなくいっしょに来てほしいなんて言ったのに、渋柿はとても嬉しそうに、せまっ苦しいバスに乗りこんでくれた。人はほとんど水ででできていると聞いたことがあったけれど、こんなせまい所にぎゅうぎゅうとやわらかくおさまったことにびっくりした。

「ああ、手品のじいさん」

「ハナちゃん」

渋柿はハナのことを知っていた。

ふだんハナがうろついているという場所は、町の中のかなり広い範囲なのかもしれない。ひょっとしたらテントの近くに行ったことも、あの銭湯に入ったことも、渋柿のあ

の、機械だらけのつぶれた印刷工場を見たこともあるんじゃないかと思った。

渋柿の背中に押しつぶされながらハナの足元を見る。ハナのはいているのは、子ども用のものじゃない、茶色い、ビニールみたいな素材でできたサンダルだった。

引き裂くみたいな音をたてて、砂利の上にバスがとまった。砂けむりが舞い上がっていたので、バスの中からは外がよく見えなかった。

補助席をたたんで立ちあがって、ドアを引いた。駐車場はあまり手入れが行き届いていないみたいで、砂利と土が半分ずつ混じった地面に、急ブレーキでカーブしながらとまったこのバスのタイヤのあとがくっきりついている。駐車場は高くなっている丘の下にあって、駐車場のすみには、とても急な切り立った断面を背にして小さな鳥居があった。鳥居と断面の間には池があって、それは断面の、段差の上から湧き水が細い滝みたいにして落ちて溜まってできているものだった。中には小さな鯉が何匹かいた。横には、地面を掘り出したところに細い丸太を組んで登りやすくした階段が、丘の上のほうまで伸びている。

「あの丘の裏あたり」

ハナが指さした地点は、まちがいなく渋柿に手品を見せてもらったところだった。

「最近は、手品の練習もできていなかったので、ここには来れていませんでした」

「町で一番おおきい広場なんだよね」

「よく知っていますね」

「お母さん言ってた」

「集会でも祭りでも」

「どんなことでも昔はここで」

「ゆうえんち？」

　まずハナが、そしてカズも階段を駆けて上がった。後のほうから、まごまごして園児たちがタクヤとユメに手伝われながら続いてのぼっていく。階段は植えこみの隙間をぬって、滝の流れるむこう側に吸いこまれていた。ひょいひょい先に上がったハナが、てっぺんまでのぼって、

「ほら」

　と声をあげた。肩越しに見ると、そこは広くて平らな丘みたいになっていた。

開けた場所だったから、とても遠くまで町が見渡せた。湧いた水が細い川になって、くねってなだらかなところを回り込むように通りながら、さっき見た駐車場の下のほうにある小さな鳥居のある池にむかって細く流れ込んでいる。まず、いちばんはじめに目に入ってきたのは、広場全体にいくつも立っている、石を積み上げた塚みたいなものだった。どれも、大きさがばらばらの石を積みあげて作られているみたいに見えた。高いものはたぶん大人の身長よりもずっと大きくて、低いものも一メートル弱はあるみたいに

見えた。まっすぐ上をむいたものだけじゃなくて、そり返ったり曲がったり、真ん中あたりから二股にわかれたものもあった。

町中ぜんぶのものが集まったんじゃないかと思うくらいの、ものすごい数の石が使われていて、ところどころ練った土で固められたりしてある。地面には雑草が生い茂って、たまに土が剝きだしになった地面が見えている。空のペットボトルが刺さっていて、ゲームで見た洞窟に生えている水晶っぽくキラキラしていた。

川の中にも小さな石塚が作られていた。塚が川の中で水の流れを割って、流れを変えたり水を上に持ち上げたりしている。塚の間にはヒモがわたされていて、缶だったり、ペットボトルだったり、ちょっと見たらガラクタにしか思えないようなものがいっぱい並んでぶら下がっていた。ペットボトルには透きとおった色つきのビー玉やネジみたいなものが入っていて、いくつかの空き缶は、ところどころ穴を開けて切り広げられてある。風を受けてくるくる回っていて、見渡すと地面にむかって光がばらばらの色でちらばっていた。

水の流れを受けて回りながらいろんな色に見えるように切ったセロファンをはりつけられたペットボトルが、川をさえぎるように一列に並んで、水の中で水のつぶを作っている。この広場にある風景を作っている一個ずつのものは、ほかにネジやクギ、おかしの袋とか石、土、水や木の実みたいな、ふだん町の中のどこにもあって見なれていた、でもあんまり大事じゃないものだった。なのにたくさん集まっていることで、今まで見たことがない景色になっている。ぼんやりと立っていると、後ろから渋柿やみんなの騒ぐ声がしてはっとなった。

「外国の古代遺跡みたいだな」

「まじないとか、祈りとか」

「誰がこんないたずら」

「なんかの目印？　暗号みたいな」

「ゆうえんち？」

「ゆうえんち！」

　みんなが後ろにつかえていたので、石が積みあげられていくつも立っている中のほうにむかって歩いた。石塚に触ると、日が当たっているところはあたたかかった。石と土の手ざわりを確認しながら歩いた。日かげになったところは暗くて、逆に日が当たる場所に出たときの光の反射は、目が痛くなるぐらいまぶしかった。上からの日差しと、水のいろんなところからの反射もあちこちから見えた。どこに立ってみても景色がちがって見えた。塚の隙間をすりぬけながら、よくわからない大きな生きものの脚の間を歩く小さい動物になったみたいな気分だった。

　せーので合わせたみたいにほとんど同時に、

「あ」「あー」「わあ」

という、何人かの声がした。聞こえたほうを見ると、いちばん高台になっているところにいたハナやそのほかの子たちが、みんなこっちのほうを見ておどろいていた。

「すごい」「すごい」「ここ」「見て」

みんながいる高台の上にかけのぼって、自分が来た方向、みんなが目を離さないでいるところを振りかえって見渡すと、塚やペットボトルのプロペラのせいで水の流れがさえぎられてしぶきを作って、そういう小さな滝とか噴水みたいな水のうごきが缶とかガラスの光の角度によって、太いもの、細いもの、何本かの光の線が浮かび上がっていた。

「にじだ」

発した言葉はものすごくふつうで、言ったすぐあとにとても恥ずかしくなった。ただまわりを見ても、誰かの言った言葉を聞いている人なんていなかった。そこにいたみんなが、一度にこんなにたくさんの虹を見たことなんてなかったかもしれない。ハナは平らな顔のまんなかにある口をおおきく開けている。虹は塚と塚の隙間を縫うようにして出ていたり、またいくつかの塚どうしをつないでいたりして、差し込む日光をはじく水のつぶといっしょに川の中に混ざっていってるみたいだった。

「ぞうさん」

小さい子どものうちのひとりが指さしたところ、神社とは反対がわの緩やかな丘の斜面になっている地面を見た。塚の影が、曲がったものや真っ直ぐなもの、すべての影が同じ方向で重なってちょうど巨大な象の形を作っている。象は鼻を曲げながら上のほうに伸ばして、牙をむきだしているような姿だった。大きな影は、みんなの足もとから伸びている、それぞれの小さなヒト形の影にむかってなにか話しかけているみたいだった。ただ、象はなにも言わない。今、このあんまり大きくない町には象がいて、このしばらくのあいだいる象は影なんだけど、ウソではなくて町にあるものだ。

この丘は町のはずれにあるし、ほかに高い建物もない。池のある下の社のあたりも、迷い込んだときに手品の練習をしていた渋柿以外に、人と会ったためしはなかった。この場所で作業を続けていても、見つかる可能性はほとんどなかったんだろう。それにしてもきっと、ものすごい時間がかかったんだろうと思う。大きい石は一抱えもあるものだってあった。

「影がうまく重なる時間」

「虹の」

「見えるしかけはわかったけど」

「なんでこの時間なんだろ」

カズがつぶやいたり、ハナが考えこんだりしているのを聞いていた。

学校が終わってじいちゃんにたのまれていた取材をすませる。役に立つことが嬉しくてたくさんの取材をしてからテントにつく。たぶんじいちゃんは午前中からテントに入って、作業をしていたんだと思う。テントにたどり着くのはたいてい、午後三時半をすぎたあたり。邪魔にならないように端に座った。言葉で言われることはなかったけど、その時間をじいちゃんも同じくらい楽しみに待っていて、足音に耳を澄ましていたとしたら。

まだ目のさめないじいちゃんに、今日、この一日で起こったいろんなできごとをどうしたら伝えることができるだろうと考える。

眺めているうちに象の影は崩れて、溶けるみたいにしてばらばらに伸びていった。石の積み上げられた塊、実体のあるものはそのままで、光と影だけ変わっていった。象の形になっていた影もいくつも見えていた虹も消えてしまって、まわりには塚が、まるでみんなといっしょに、斜面の上から町を見渡しているみたいにして立っていた。

丘にはまだ何人もの人が残っていた。小さい子どもたちはバスに乗せられて帰ったけど、そのあとすぐ、その子どもたちから話を聞いた家族が車で見に来たり、ユメの携帯電話で呼び集められた人たち、それと俳句教室の生徒やその家族で、あっという間に丘が人でいっぱいになった。見にきた人を送り迎えするためにタクヤはまた丘の下にマイクロバスでやってきて、写真を撮ったり友だちにメールする人が場所をゆずりあったりして、ちょっとした観光地みたいになっていた。階段をおりてバスの横に立っている夕クヤの近くに行って声をかける。

「歩いて帰ろうと思います。そんなに家から遠くもないので」

「気ぃつけて」

「あの、タクヤさんは、ユメさんの恋人ですか」

　質問の途中でもう後悔をした。くるりと丸められたタクヤの頭の前、おでこから眉毛の間のあたりにきゅっとしわが寄った。しばらくして、ああ、と声をあげたタクヤは、頭のしわを目の周りに移動させるようにしてわはは、と笑った。

「きみ、ユメちゃんのこと好きなんか」

　頭をこれでもかというぐらい横に振ると、タクヤはさらに笑顔でたずねる。

「じゃあ、ハナちゃんのカレシとか」

「ちがいます、ただ、まあ、大変な姉妹だから」

　笑っていることにかわりはなかったけど、タクヤの笑顔がおだやかなものにかわった。

「寺は園児だけじゃなくて、町の中の、いろんな問題をかかえてる子どもの駆け込み寺にもなってんだ。今もふたりから連絡があればなるべく急いで行くようにしてるけど、もし君のほうでも、彼女らの様子がおかしいと思ったら知らせてくれないか」

　タクヤに頭を下げてから駐車場の出口にむかって歩いた。通りのほうからはまた何人か、期待をするみたいに人の集まる先を指さしながら歩いてきた。

翌日の学校は、例の丘にいくつも現れた大きな物体のことでもちきりだった。誰かのイタズラだ、あやしい男が石を運んでるのを見た、それは変身した宇宙人で、宇宙規模のテロだ、いや新しい現代アートってママが言ってた、みたいにそれぞれ好き勝手な意見を述べていた。

カズは、教室に入ってくるとすぐに声をかけてきた。今日みんなで例の場所に待ちあわせて行こうという提案だった。

じいちゃんのお見舞いがあるから、と断ったら、カズはがっかりしながらも了解した。カズが自分の席に戻っていったあと、すぐにチャイムが鳴った。

学校が終わって病院へ行くと、見なれた庭の花が面会の窓口に飾ってあった。午前中に母さんが来ていたんだろうと思いながらノートに名前を書いた。

じいちゃんがいるのは廊下を進んだ右奥の個室で、落ち着いたらようすを見て共同の大きい部屋に移れるらしいから、と母さんは言っていたけれど、どう考えても、じいちゃんが今の状態から元にもどるとは思えなかった。ドアの横でボトルに入った消毒液を両手に吹きつけてゆっくりすりこんでから、重いドアをスライドして開けた。日が落ちて薄暗くなった病室には、じいちゃんの横たわったベッドのまわりを取り囲んだたくさんの機械だけが見えて、入口のドアのところに立っていると、じいちゃんの体は目に入ってこなかった。長く伸びた透きとおったチューブは、高くぶら下げられているビニール袋の中の液体を、カプセルのような形をした筒を通してちょっとずつじいちゃんの体に流しこんでいる。

袋にはたくさんの記号と番号と、中野静吉さまと印刷したシールが貼ってある。黒い画面に表示されている緑の記号や数字は、いろいろに変わって、じいちゃんは生きているから安心してくださいとでも言っているみたいにして見せつけていた。部屋の中にある文字は、じいちゃんの名前以外まったく意味がわからないものだけだった。ベッドの足元のほうにぶら下がっているのは、恐らくおしっこを取るための管と溜めておくバッグだった。ベッドの上あたりでは、なにに使うのかはわからない液体の入った透明な筒型の容器に、気泡がずっとぽこぽこ動いていた。二本あった。

ベッドのまわり、部屋の中のものぜんぶがじいちゃんだった。人間の中身の役割をするものがみんな裏っかえしになって、外側に出てしまっているみたいな。それが見えているのだから、本体が見えていなくてもとくに問題ないような気がして、ベッドの横にあるやつではなくて、病室の入口のほうに置かれたパイプ椅子に座った。リハビリルームの方向から、タンバリンやオルガンの伴奏で音程もリズムもばらばらな合唱が聞こえてきた。あんまりにもばらばらだったから気がつくのにちょっと時間がかかったけど、その曲は『さくらさくら』だった。

「昨日、あの場所に行ったよ」

初め、ゆっくり話しはじめた。

手が汗でびっしょりだった。

あれ、じいちゃんが作ったんでしょう。ひとりで。あんな、石とか運んで、上に積んで。言ってくれれば手伝ったのに。

『やよいのそらは』

しかも影とか虹とか、太陽の角度を考えないと作れないし、あの場所、実は前に迷って行っちゃったことがあって。お祭りみたいなかっこうした手品師。

『みわたすかぎり』

町があんなによく見える場所があったなんて知らなかった。穴の開いた紙。古い機械をいっぱい持ってる渋柿……俳句の先生が、手品師で、じいちゃんのことを知ってた。じいちゃんと似ているところもあって、若いころからずっと仲よかったって。だから、あの紙はひょっとしたら、あの先生の機械で読むように、じいちゃんはしかけを作ってたんじゃないかと思って。でも、機械は壊れてたんだよ。

『かすみかくもか』

勢いよく立ちあがった。勢いがよすぎて、椅子が後ろに音をたてて転がった。そのまじいちゃんのほうへむかって、

「じいちゃんはぼくにも遊園地を見せたかったんじゃないかって思ったんだ。あと」

一息に言って声がかすれた。息継ぎを忘れていたことに気づいて、大きく息をついて続ける。

「あそこで見つけた古いお金、ちょっと貸してほしくて」

言い逃げするようにして後ろをむいてドアを開けると、走って病院を出た。途中廊下で、

「走ると危ないよ」

と子どもの声がした。振りむかなかった。病院の自動ドアを出て坂道を下りきり、駅前のT字路を曲がり歩道橋をのぼって降りて、真っ直ぐ家に走った。

勢いにまかせてききたかったことがまだいくつかあったけれども、どうせ答えてくれないんだとわかっていた。ていうか、どっちにしろききけなかった。

家に帰ると母さんがテレビの前に座っている。興奮していた。テレビ画面に映っていたのは、あの丘だった。ニュースバラエティで、町に起こった不思議なできごととしてあの石塚が紹介されている。冴えない柄のシャツを着たリポーターが、ふだん神社にいるのを見たこともない管理人とかいう人と、見にきた家族づれに話を聞いている。場所が場所だけに、なにか祈りの意味をこめて作られたのでは、パワースポットとして願掛けをするために人が訪れるようになるのではないでしょうか、町の名所にして保存しようという動きも出ていますなんて適当に締めくくってスタジオに画面が戻ると、リポー

ターよりさらにやぼったい見た目をしたアナウンサーが、
「やあ、心あたたまる話ですね」
と、ものすごくトンチンカンなコメントをしてから次のニュースの紹介をはじめた。

＊

図書館の窓際に座っているときに、また天気がくずれてきたのに気づいた。日が落ちてから雨の高速道路を運転しなければいけないことを考えて、またなんだかどんより暗い気分になってしまった。

その事件の名前についている『チ』というのは、千円札の千をもじった隠語というか、警察内での通称のようなものだったらしい。

今のようにあらゆるお金のやりとりをデータの上で済ませることがむずかしかった時代、それでいて物々交換のような文化はとっくに社会的には絶滅していて、ようするにお札やコインが今よりもずっと価値のあるものだったのは、長い人間の文化的生活の歴史の中で、ほんの十数年前までのことだった。そのころ給料袋には紙幣が何十枚も直接入っていて、公衆電話の上に硬貨を積みあげて電話をかけていたらしい。きれいな絵のついた紙切れと金属片を、ひとまずは大切なものとしましょうとみんなで決めて、小学生から大悪人までそれを律儀に守るような、どこかバカバカしく思えるような時代はそれなりに長く続いていたみたいだった。

同時に、そのくらいの少し昔というのは複雑な印刷技術がめずらしいもので、誰もが簡単に何かをスキャンして、似たようなものをコピーできなかった時代でもあった。紙幣の複製は、印刷というよりも美術品の贋作制作に近かったので、作るまでにお金も時間もかかった。特に当時の日本の印刷技術はとても高くて、紙幣には複雑なしかけがたくさんされていたらしい。隠された文字とか絵がいっぱいあって、たくさんの人がそれに気づかないまま、お金は使われていた。元手を回収することなんてよっぽど規模が大きくないとできないから、実際のところ偽札の犯罪は、たいていが大きな暴力団がらみか、外国の組織的な犯罪だと言われていた。

そうして高度な技術が必要な偽札づくりは、儲けがどうこうというよりも国の経済に対するテロ行為という意味が大きかったから、被害額にかかわらず重い罪とされていたようだった。戦争でも相手の国の偽札を作ってばらまくというのはわりとよくある作戦のひとつらしい。

ただ、日本にいくつかあった『チ〇〇号』というコードで呼ばれる千円札の偽札事件のうち、いちばん有名とされているのは、発行の枚数にしても被害をうけた金額にしても異例なほど規模が小さなものだった。にもかかわらず、紙幣の仕上がりがあまりに精巧だったのと、注意を呼びかけて告知したほんのわずかなちがいもすぐに修正されたものが出回るといったことが続いたために、日本政府は当時しかたなく新しいデザインの千円札を発行することを決めたほどだったという。

目の前にひろげられた折り目だらけの新聞記事だとか、今はもう馴染(なじ)みのないデザインの、いろんな文字や絵が隠された千円札、善人とか悪人とか関係なく誰にでも開かれた図書館の資料。それらのものと、オンラインで流れていっては、消えずにどこかでひっそりたまっていくうわさ話、それらを時系列にまとめたもの。無料で、誰かの善意や、あるいは義憤みたいなものを使ってつみあがっているアーカイブ。それから、自分や家族、町に住む人たちの記憶。

それらはどれも同じように断片でしかなくて、けっきょく信憑(しんぴょう)性だとか正確さみたいなものは、どれもたいして変わらないんじゃないかと思えた。

どんなに引用元が明確に示されていても、誰の裏づけも取れないほどの曖昧で揺らいだ思い出であっても、ちょっとした解像度のちがいくらいでしかなかった。検索をかけて一番上に表示されるような記事に書きこまれた無記名の情報が、まるっきり善意に由来するものの蓄積だったとして、ここで誰かが真実を言ったかあるいはウソをついたかどちらかの証拠だとか、事実であったことに結びつく補強材料になんかなりえない。

それと同じように、いまこの記事の断片をつなぐのは自分しかいない、と思い立ったのが、ほんとうにただのばかみたいな勘ちがいだったとしたら。

この事件の犯人は見つからないまま、ずっと前に時効を迎えている。だから、知ったところでただのどうということのないできごとだった。道に迷って偶然でくわす手品師や、町中に貼りだされる正体不明なカベ新聞、最近になってひんぱんにインターネット上で検証されている、今はもう時効になった偽札事件、どこから来たかわからない移動遊園地、あのときの魔法みたいな神社の裏のこと、それら全部がほんとうは町になかったとしても。

端末を手に取って、バッテリー残量を気にしながら急いで指を滑らせた。長い文章は無理だと思うと、余計に焦って誤変換をした。爪の中にほんのわずかこびりつき残っていた泥がやたら気にかかった。

この際、箇条書きでも単語の羅列でもいいから憶測だという前置きをつけ加えて情報を書きこんで流してしまえば、名前の欄がたとえ空白であったとしてもそれはひとつの消えない情報になる。幸いなことに、自分の持っている断片の多くは、それぞれほかの場所で調べればむりやり信頼することはまったく不可能というわけじゃなかった。情報だけがあれば、あとはたくさんの人がそれがほんとうかウソか、いいことか悪いことか判断する。

調べたことだけじゃなく、感じたことだけでもない、子どものころ、曲がり角のむこうに消えていくほんのちょっと、野良犬のしっぽの先、または茶色いサンダル。じいちゃんのそばにときどき立っているらしい女の子。

おそらくそれを見たのはぼくと、じいちゃんだけだった。その姿が不確実なものだったとしても、なるたけたくさんまわりにあるものを調べればその輪郭ぐらいは明らかにできるっていうことを、ぼくは静吉じいちゃんに教わったんだ。

たいして思い入れもない町の図書館で、ぼくのスマホの液晶が揺れつづけていた。

雨あがりの神社の駐車場は、手入れされていないぶん小石が多くて、とめるのに苦労した。階段も、枠の木が腐りかけて土もぬかるんでいて、注意しながら歩いたので時間がかかった。そのわりにはのぼったいちばん上には、たいした景色も広がっていなかった。あんなにパワースポットにしようだとか、町の名物としてとか言って騒いでいたのに、あの石塚や水の流れはどこにも残っていなかった。ひょっとしたら子どもがあそぶから危険だとか、誰がやったのかもわからないから気味が悪い、悪質なイタズラだったとしたらこわい、とかいう理由で壊されたのかもしれない。

丘の上から見下ろす町もあいかわらずしょぼくれていたし、雨はあがって日光が出ていたのに、虹が出るような気配なんかほんのちょっともなかった。写真を撮る気も起きなかったし、そもそも端末はもうバッテリー切れだった。

太陽の側の島

チヅ殿

元気でやっていますか、陽太朗(ようたろう)ともども変わりないですか。こちらはとても暖かです。暑いくらいの日が続いております。そのせいかすっかり体は日に焼けて、黒く逞(たくま)しくなったと我ながら思います。若干痩せたのではないかなどと周りからは心配されているものの、実際量ってみると出征の際の測定よりも目方は格段に増えており、筋肉で締まったのだと自惚(うぬぼ)れながら思う次第です。なにぶん出征前は恐怖心に駆られて自ら掘った暗い壕(ごう)の中で本ばかり読んでいた私ですから、お天道様(てんとうさま)の下、このぐらい働いていたほうが国のためだけでなく体のためにもうんと良いように感じております。

現在私はこの恵まれた気候の中、土地の開墾を主とした作業を任されております。現地の農夫は至って温和ではあるものの、いかにせん我が国の尺に当てはめると若干怠けすぎるところがあります。それでも作物が育つ気候の良さから今まで特段の問題はなかったのでしょう。我々はお国の負担のないよう自給できる分の食糧を得るため、そこかしこの荒れた土地を整えているのです。現地の農夫から食糧を略奪することは厳禁であるから一刻も早く作物を、と焦る我々の気持ちとは裏腹に太陽も人々もずいぶんのんびりしたものです。ただ流石（さすが）というべきか、奇妙なくらいによく降る天気雨により日に何本もの虹が見え、そうして耕したそばから、もう数日のうちに作物が芽吹いて元気に育つのを見ていると、こちらも鍬（くわ）を持つ手に自然と力が入ります。そんな我々を現地の農夫は最初馬鹿にした様子で見ておりましたが、次第に心配や感心の混ざった視線をおくってよこすようになってきました。彼らは敵ではありません。彼らは確かに勤労の意識が大変に薄く共に戦おうという気概を一切感じることができませんが、わが国領土の農夫として我々が粛々たる勤労態度で手本となるべく生活してゆけば、きっと彼らも素晴らしい臣民となってゆくでしょう。

とりとめなく書き連ねてしまいましたが、こちらはそんな具合で元気に頑張っております。そちらも暖かくなりつつある季節とはいえ朝晩はまだ冷えるでしょうから、風邪などひかぬよう気をつけてください。

真平（しんぺい）

真平様

お変わりありませんか。お元気でしょうか。日々に何かご不都合、ご不足などございませんか。

こちらは陽太朗ともども、まずまず元気でおります。寒さも大分軽くなってまいりました。文面を拝見する限りお元気そうで何よりでございます。ただ、あの真平様の優しいお手で鍬を持ち炎天下で畑仕事をなされているのを思うと、胸が破れるように痛みます。

それでも戦争の始まりには毎日毎夜沈痛な表情で「死」という言葉を口にしない日などなかった真平様の手紙から、以前のような悲しみの色が薄くなっているのを感じる、それだけが唯一、今の私の希望です。戦地に行ってからのほうがずっと悲しみに近づきそうなのに皮肉なことではございますが。

こちらでは昨日、雲の厚い空から何枚もの刷り紙が降ってまいりました。雲のせいで飛行機がうっすらとしか見えない灰色の空から、ただ紙だけが降ってまいりますのは雲が千切れて落ちてくるような、とても不思議な気持ちがいたしました。刷り紙を拾い上げて見ると、幾つかの都市の名前と、そのうち数箇所に新型の爆弾を落とすので記載の都市からお逃げなさいというような文章が書いてございました。その中には、私どもの住むこの町の名もあったのでございます。私は恐ろしくなってすぐに紙を道へ打ち捨て家へ走り戻りました。

走る家路で私は、一刻も早くこの町から遠いどこかへ陽太朗を抱えて逃げたいという気持ちでおりました。本当に申し訳ないことに、本家のお父様、お母様、近所の方々やお国のことより、私と陽太朗の無事だけが心にあったのでございます。たとえ私たち二人だけがたまたま生き延びてもどうにもならないだろうなど、普通に考えれば想像に易いことなのに。

私は家に戻り居間で一人昼寝をしていた陽太朗をかき抱きました。あの子は寝ぼけていたのかもしれません。私の背中に手を回し、私があの子に赤ちゃんの時分からもうずっとしていたように、私の背中を掌でぽんぽんと二回たたいたのでございます。まるであやすように。そして、私はそれによって恐ろしいほどにすとんと落ち着いたのでございます。

刷り紙に都市の名前は十あまりあったので、確実に爆弾を落とされると決まったわけでもございませんが、もしこのように不安で一杯の状態で新型の爆弾が落ちたとしたら、私はこの家と陽太朗を守り通していけるのでございましょうか。

申し訳ありません。暑い南の島でお国のため粉骨砕身なされている真平様に弱音を漏らしてしまいましたこと、とても恥ずかしく思います。どうか真平様も何卒、お体にお気をつけになってくださいませ。

チヅ

チヅ殿

お元気ですか。そちらは変わりなくやっていますか。手紙を読み心配でいろいろ調べましたが官報などで見る限りまだそちらは無事のようですね。

こちらは拍子抜けするほど恙無く順調です。無論、毎日の訓練と荒地の開墾に精を出してはおりますが、空からの攻撃や海上戦の気配はいまだない状態です。時に敵連合国軍のものらしき飛行機が畑を耕す我々の頭上遠くに飛ぶのが見え、すわ、と緊張が走るのですが何事もなかったように通り過ぎるきりです。気がついたのは、我が国と比べてここはずいぶんと雲が高い位置を流れているようだということです。見通しがよいはずであるのに敵機が我々を見つけることができないのが不思議ではありますが、綿シャツ一枚で鍬を振るう日に焼けた我々を、現地の農夫と見間違えているのかもしれません。これも機とばかり我々は食糧の整備に精を出すのみであります。ただ不思議なことには遥か頭上を行く飛行機がいつもどういうわけか上下あべこべのように見え、敵国の戦闘機のつくりがそうであるのか、また我々の知らぬ方法でひっくり返って飛ぶ戦法があるのかはよくわかりません。

農作物は面白いように育ちます。硬く霜の降りる我が国の畑と比べると魔法のようです。戦争が終わった暁にはこの場所で家族で暮らすというのも悪くないという気さえしてまいります。

私が島に入った日のことを記しましょう。それはもう酷い嵐でありました。我々の乗る食糧運搬船は酷く揺れ、甲板に出て作業にあたるものは広い板張りデッキの上をあちらこちらとまろびつつ波に洗われておりました。男の太股くらいある綱が簡単に千切れ、先が暴れ大蛇のごとく波と共にうねっていました。その様を見て私は大変恥ずかしいことに、気を失ってしまったのです。船内の医務所に寝かされていたため非常に不名誉な気持ちで目を覚ましましたが、軍医の仰るには気絶は気絶でも私は知らずの内に揺れに任せ頭を強か打っていたらしいのです。どちらにしても恥ずかしい限りではあるのですが、私は気絶の理由を聞きいくぶん安心いたしました。と申しますのも、あの時私が感じたのは恐怖といった個人的な心持ちではなく、この世の中や大自然の驚異に対する生物的敗北であった、と頭の瘤が証明してくれているような気がしたのです。

着いた島に桟橋らしきものはなく、そのためかえって大きな艦は接岸しないほうが好都合であろうと判断がおりました。嵐の余韻によって霧が濃く、先にボート隊が浜に向かい暫くした後、靄の中を割って幾つかのカヌーが艦に向かってまいりました。先陣隊と共に現地の人間が我々や荷物を浜まで積んで運ぶ時の、白い靄の中進む様は大変幻想的で、私のまだチカチカと痛む脳には銀色の映画にうつりました。じっとり暑いなか素朴ではありますが美しい味わいのある飾り彫りがされたカヌー、水面近くを泳ぐ原色の魚から、愈々我々は遠い南洋の地で決戦を迎えるのだという気持ちが知らずに沸き立ってまいります。まるで、家であれだけ怖がっていた自分のほうが偽物で、今の自分こそが本物であるかのように思えました。

長々書きましたが、こちらはこのような感じでおります。そちらもくれぐれも気をつけるよう。

真平

真平様

そちらはずっとお暑うございましょう。

結局を申せば、あの刷り紙が降った後もこの町に爆弾は落ちませんでした。候補に挙がっていた都市の幾つかに多少の空襲があったと聞いてはおりますが、それも新型の爆弾というわけではなさそうです。きちんと手に取って読んでいなかったことが悔やまれますが、空襲の期間に関する具体的な記載はなかったように記憶しておりますゆえ、ただのおどしであったならば良いのですが、今夜おこるか、明日には来るかと毎日生きた心地せず暮らしております。その間にも町の方々や、店員さんから人づてでさまざまなことを伺うにつけ、心の弱い私は一層恐怖が募ってしまうのです。一時は刷り紙とともに空から毒の霧を撒かれていただとか、時間が経つと溶けて消える特別な紙でできているだとか、刷り紙を拾って手にしたものは手から毒がしみて腐るだとかいう噂さえも流れていました。私はそれを聞いたときはもう怖くて、いつまでも手を桶の水につけて過ごしておりました。これほど恐怖に思うなら刷り紙など手に取らねば良かった、読まねば良かった、人づての噂など耳にせねば良かったなどと己の気持ちの弱さをひたすら悔いるのでございます。

真平様のお手紙を読んで聞かせて以来、陽太朗が虹を見たいと申すものですから先日は庭に出て角度を見ながら高めに水を打ち、小さな虹をこさえてやると大喜びに喜んで、以来昼間の庭の水打ちを進んで行うようになりました。きっかけはどうあれあの小さかった陽太朗がお手伝いなどするようになったことに胸の熱くなる思いがいたします。戦争が終わりました暁には、ぜひ一緒に、南の島でも北の海でも、どこにだって参りましょう。沢山の虹を眺めましょう。陽太朗を飛行機やお船に乗せ、どこまでも敷かれた線路をすべるような機関車で、ずっと遠くの色んな場所を眺めに参りましょう。それまでどうか、どうかお元気で。

チヅ

チヅ殿

お久しぶりです。お変わりありませんか。戦局の長期化に向けて我々の隊も愈々本格的な準備をと、今までにも増した開墾整備を行っております。

このところ、島は昔より伝わる祭りの準備があり、普段は過ぎるほどのんびりとした島の人間もどこかそわそわと落ち着かない様子でおります。

今日は島の人間が祭りに使う「茶」の準備をしておりました。「茶」といっても我々の飲む茶とはまず原料から違うようです。漢方の煎じ薬、と言ったほうがわかりやすいでしょう。ただ飲むものではなく掛けるものなので、仏様の甘茶にも通じるように思われます。祈禱師や僧侶に当たる人間が、祭りの年の気温や湿度その他要素を併せて予測してその年に使う茶の配合を決めて草を集め、物によっては乾かしたり腐らせたり、粉にしたりなど加工して煮溶かし、とろりと茶色く透きとおった液体をこしらえます。配合された植物の中には生き物に猛毒な成分も含まれているらしく、飲めばもちろん、皮膚に触れるだけでも暫く痛みが取れないほどだそうです。

これを何に掛けるのかというと文字通り「ほとけさま」に掛けるのです。村から離れた社の裏に生える大樹には、普段住民はおろか私たちや村の政治を取り仕切る年寄りも近づかないのですが、祭りの準備の際には茶を桶へ入れ、担いで木の根元に運ぶのです。私は好奇心もあったので、ついて行って木を見ることができました。どうやらこちらあたりの葬式は専ら風葬のようで、独特の方法が取られているらしいのです。老いも若きも、男や女また小さな子供の亡き骸までもが島を見渡せる大樹の枝に座らされておりました。桶を担ぐ島の人間は普段ほとんど裸であるのに、この時は頭に頭巾、長い襦袢といった暑苦しいいでたちで、ささらに割った竹の棒を茶に浸け、木の枝に座らされた亡き骸へ浴びせるようにして振り回すのです。亡き骸は、体より発せられる分泌物と茶の化学変化により腐敗ならびに虫や鳥に食われることが無いばかりか、肌の張りや髪の艶もいつまでも変わることなく、裸で木の枝にそろって座り眠っているように見えるのです。

祭りの当日は陽の暮れかかるころから木の下に島の人々が集まり、酒を飲み歌い踊ります。陽がすっかり沈んだころになると若い男たちが木の上へ登り腰かけさせていた亡き骸を降ろしてまいります。それから用意していた「茶」で一体一体丁寧に拭き清めてから手足を棒に縄で括り生きている人と死んでいる人とが交互に繋がり輪になって踊ります。生きている人の巧いことをした動きに合わせて操り人形のように手足の動く亡き骸は、月明かりの中ではまるで本当に一緒に踊っているように見えるのです。我々も呼ばれて杯をいただき聖なる木の下でそれは幻想的な夜を楽しみました。驚くのは、普段は呑気で怠け者にも感じる島の人々が、この夜は全員が祈禱師であり僧侶であるかのような、厳かでかつ穏やかな雰囲気をもち、最初は村の祭りと高を括っていた我々もすっかり居住まいを正して彼らの崇高な精神性に大変な感動をしたのでありました。

そちらもご無事で何よりですが、心配しているのは体力よりも気持ちの問題です。あなたは大変な働き者のうえ頑張り屋ではありますがどうにも細かく気にしたり、色々と無理をしてしまうところがあります。私はそんなあなたの気遣いにいつでも救われておりましたが、どうかこんな時ですから細かいことをくよくよ悩まず、気を大きく持ってくださいませ。陽太朗も日に日に逞しく育っているとのこと、嬉しい限りです。頼れるところはどんどん陽太朗に頼り、どうか無理しすぎることのないように。

真平

真平様

私は今日、このことをお伝えしたほうがいいのかどうか、大変迷っております。戦局が長引いて皆の心もわずかずつ、綻びができているのかもしれません。私のほうも真平様と一緒であったあの時のような希望が少しずつ薄れてきてしまっているようにも思えます。いけないことだ、恥ずかしくないようきちんと生きていかなくてはと頭では思っているのです。町の人々も皆支えあい譲りあっておりますが、どこか冷え冷えとして張り詰めた緊張感と隣りあわせでいるような、いつか誰かが不安を爆発させてしまったならという、白々しい恐ろしさがすぐそばまで差し迫っているような毎日でございます。

昨日のこと、私はお昼ご飯の準備に井戸に向かうのに役場の裏手のほうの細い道を近道にして抜けておりました。真平様にはあまり一人で歩くなといわれておりましたあの裏道でございます。申し訳ないことですが、最近はずっとこの一番近い道を使っております。暗くなる前に家の仕事を済ませてしまいたいという思いと、広い道ではいつ飛行機から見つけられてしまうかと思うと怖くてならないというのが大きな理由でございます。頭の上からなんの準備もなしに撃たれ、何が起こったのかわからぬまま地べたに死ぬくらいであれば、目の前の暴漢に殴られ物品を奪われるほうがよっぽど恐怖への準備ができるというものです。

そうして井戸で水を汲んでから再び戻る時、役場の裏手、破れた柵を越え空き地を抜け橋を潜った所で、私を見つめる二つの光るものに気づいてしまったのでございます。本当はもう暗くなりかけていたのですぐにでも家へ帰りたかったのですが、その光るものにどうしても吸い寄せられてしまった私は、光の元である低い藪のほうへ近づいてみたのです。

はたしてそこには、一人の兵隊さんがいらっしゃいました。兵隊さん、といっても軍服の形も色も、我が国のものではなさそうです。髪の色や目の色、顔の形もその時は暗くてよく見えませんでしたが、あまりにも私たちの見た目とは違っておりましたため、直感で私は敵国の兵士であると感じ取りました。とっさに抱えた桶で身構えたのですが、目が慣れるにつれて兵隊さんは怪我か何かでひどく弱っているらしいということ、さらには兵隊さんの背格好がどう見ても私たちでいうところの少年、うずくまっているようでしたが陽太朗よりは若干大きい程度の背丈だというのが理解できました。息も荒く小刻みで、おそらくどこかから逃げてきて隠れているのかと思われました。こうやって暗がりの藪に逃げ込んでいるというからには、見つかればそれなりの酷い目に遭わされると考えているのでしょう。私は近づいて、彼の肩に触れました。食事を満足に取れていない私たちでも、かようになっているものはおらぬといったほどに細い頼りない肩は、驚くほどに熱を持って、おそらく軍隊の制服であろうと思われる丈夫な布越しにも汗をたんと吸って湿っているのがわかるほどでした。

　私は何を思ったのかその時のことはもう夢中で記憶も朧なのですが、とりあえず兵隊さんを背負い風呂敷をかけて人目につかないよう注意深く家の庭まで連れて来たのでございます。背負って歩きながら、私は一つも後悔などしておりませんでした。陽太朗よりわずかに年上であろうこの兵隊さんらしき少年、それがたとえ敵国の人間であっても、一つの命に変わりはございません。

　自分の命さえも危ないというのに、という考えも胸の内をよぎりましたが、むしろだからこそ、自分の生きる間にわずかでも多くの命を守ることが私の使命であるかのような気持ちでおりました。それは生への執着のようでいて、全く逆のものであると私は思うのです。先だって、農家の方が配給とは別にお野菜を皆さんにお裾わけしていらっしゃったのですが、それを皆で生きていこう、生きて平和な世になるまで助け合おうという気持ちであるのか、あの世に持って行ける財産も食べ物も無いのだからといった諦念と取るか紙一重なのではないでしょうか。その時と今の私の思いは似ているものかもしれません。背負っている間に小さな兵隊さんは、喘ぎながら一言つぶやきました。おそらく、私の知らない国の言葉であるようでした。

　庭の庇の下、あなたもご存知でしょう、もう使っていない大桶がございます。その中に兵隊さんを隠すように凭せ掛けて筵を上に張り、それから私は家の中を覗きました。土間では陽太朗が火を熾している最中で、私のほうに背中を向けしゃがみこんで、竈の火種を懸命に育てていました。声をかけると、煤で鼻の頭を黒くした陽太朗が笑顔でこちらを振り向きました。陽太朗はもう私の仕事のいろんなことを、私が言わずとも手伝ってくれております。本当にありがたいことです。この子が生まれた時の、この子の面倒をずっと見ていくという私の決意にはいまだ一点の曇りもございませんが、当時はまさかこの子がここまでしっかりと育つとは思っておりませんでした。体が弱く学校に行くことも叶わない陽太朗が風呂を焚き、台所の手伝いをしてくれているのです。あるいはこの戦局でなかったら、私は彼を守りに守って何もさせずにいたのかもしれず、この厳しい生活は陽太朗と私の体や心も磨き上げてくれているような、そんな風に自分を納得させている所があるのかも知れません。

私の真剣な顔に疑問を持った風の陽太朗に向かって、私は何も言わずに力の限り微笑み（といいましても、その時の表情はおそらく大変に不自然なものであったことでしょう）、肩を抱いて庭先まで連れて行くと、筵を取って桶に隠した小さな兵隊さんを見せたのです。陽太朗は驚きこそすれ、恐怖よりも彼の体調が大変そうなことに心配をしている様子でありました。私は陽太朗さえ怯えなければ大丈夫という確信を抱いたものですから、桶から彼を抱き上げると、物置にしております二階の座敷に担いで上げました。

以前お母様がお使いになっていた布団を敷いて、破れて泥まみれの制服を脱がし、陽太朗の浴衣を羽織らせて横にしました。私が体を拭き、陽太朗は水と沸かしたお湯を洗面器に取って来てくれ、目に付く範囲ばかり傷の手当てをしてやりますと、小さな兵隊さんはずいぶん楽になった様子でスウスウと寝息を立てはじめました。改めて全身を見てみるとやはり奇妙というか、大人のような顔立ちでありますのに、そのまま尺が縮んでいるような格好で、ごくたまに発する言葉などから考えてもやはり敵国、そうでなくともどこかよその国の人なのではないかと思われました。彼の寝顔を見てから私は少しだけ平静を取り戻して、そうして横を見ると陽太朗も私の顔を見て暫くしてからしっかりとした様子で頷(うなず)きました。この子にはあまり難しいことはわからないでしょう。ただ彼のことは私たちだけの秘密ですよ、誰にも話してはいけませんよと言いきかせると、いつもは何故(なぜ)ナゼの攻撃にあうところを「はいお母様」とだけ言ったのです。その瞬間、二人の間には大切なそしてどこか恐ろしい秘密ができました。

あなたの心配を解くために申しますが、まず第一に、この小さな兵隊さんは武器を持っておらず、また、体がとても弱っております。そうして次に、とても小さいのです。先ほど陽太朗の数年年かさの子供のよう、と申しましたが、体格でいうと陽太朗のほうがまだ肉付きは良いであろうと思われる、大変華奢(きゃしゃ)な体つきをしております。暫くまともな食事をしていないようにも見えます。もう一つ最後に、これは私が真平様へ誓う約束事になりますが、もしこの小さな兵隊さんの調子がわずかでも良くなったら、私はまた同じ場所に彼を置いてこようと思っております。もし町中の騒ぎが大きくなるなどのことが起こりましたら、すぐに役場にお伝えしようと思っております。それまで、数日の間だけでも命を繋いであげようと考えるのは、たとえ危険であろうとも私たち母子のせめてもの我儘と思い、お許し頂けないでしょうか。

戦局長引くこの大変な折に真平様にさらなる心労を抱かせてしまいますこと、お詫び申し上げます。真平様も何卒、ご無理なきよう。

チヅ

チヅ殿

お変わりないでしょうか。ご無事でいらっしゃいますか。

先だってのお手紙につきましてはこちらも心配しております。道端の草や虫にも気持ちをかける優しいあなたと、その心を継いだ陽太朗が誰かさえ知らぬ人の命を守るのは大変自然なことであり、もちろん私もかようなあなた方を誇りに思っておりますが、何より気にかかるのは町内の人たちとの係わりです。あなた方に限らず、この時勢に人はなかなか一人で生きられるものではありません。なんと申したらいいのか難しいところですが、色々な物を守ろうとしすぎるあまり心が破裂してしまわないように、ただそれだけを祈るものであります。

こちらは後の祭りとはよく言ったもので、どこか気の抜けたような、不思議な高揚感に浸ったまま毎日を送っております。といいましても実のところ、祭りは完全に終わったわけではなく、盆にちょうど迎え火と送り火があるのと同じでもう一度あのような宴(うたげ)を行って祭りの終わりとするのだそうです。最後の宴の時に再び木の枝に座らせるまではそれぞれの家族が亡き骸を家に持ち帰り、「茶」の風呂で沐浴(もくよく)させる以外は家族の一人として普通に食卓にも同席させて生活をするとのことです。島の中でも大きな家ともなると相当な人数の亡き骸がいます。また、何かの理由があって家族のいないものなどは、島のあちこちにある葺(ふ)き屋根のついた簡易な祠(ほこら)で休まされています。朝夕に当番で島の人間が「茶」を掛けて拭き清め、食べ物を供える様子は地蔵様とあまり変わりがありませんが、道端のあちこち、屋根の下に座っている亡き骸を見ていると、人間に限らず死んだものをなるべく隠そうとする我が国の文化とは大層な違いがあり、困惑するものであります。もっとも、「茶」の効用により腐りもせず虫や鳥にも食われない亡き骸は、私たちの目から見ると肌の色こそ若干濃いものの（とはいえ島の人間は皆よく日焼けしておりますゆえ、似たり寄ったりなのですが）、ただ雨宿りやうたた寝でもしているかのように思われるのであります。私が畑仕事に通る道に座っている亡き骸などは、鼻が大きく欠けております。生きているうちに大きな怪我をしたのか、はたまた「茶」を掛けるのを鼻だけ忘れられて、鳥や虫についばまれてしまったのかはよくわかりません。

私はといえば、相も変わらず畑仕事の日々でございます。変化といえば毎日面白いように育つ作物ばかりで、それも生長が順調であるという意味では「変化なし」とみなすこともできるもので、空を上下あべこべに飛び続ける敵機に脅(おび)えることもなく鍬を振り上げ土を起こし続けており、こんな状態で、いったい国のお役に立っているのであろうかと不安に駆られる日々でございます。このように無事な私ですら不安になる状況なのですから、あなたと陽太朗の心の震えは察するに余りあります。こちらから何もしてあげることができないのが歯がゆいです。あなたがたは何も間違ったこと、恥ずかしいことなどしていないのですから、自分がお辛(つら)くなったらすぐに役場やお隣へでも駆け込んで助けを求めるように。

真平

真平様

先だってはあのように取り乱したお手紙をお送りしてしまいまして、申し訳ございませんでした。あの後すぐに差出を取り消してしまいたいような、恥ずかしい気持ちで過ごしておりましたところ、真平様からかような思いやりに溢(あふ)れたお返事を頂きまして、なおのこと申し訳ない気持ちでおります。

件(くだん)の小さな兵隊さんは、簡単に片付けました二階の北側にある物置に休んでおります。あそこは窓もなく光こそ漏れませんが、昼間に部屋との扉を一寸ばかり開けておくとサラリとした風が入るため湿気の心配も無く、あなたが特に大切な本を仕舞っていらっしゃったところでございますので、病人にも調子がいいのではないかと思われたのでございますのでご安心を。あ、本はどうにかして巧く纏めてきちんとその部屋の奥の一隅に納めてございます。彼はまだ体を起こすのが難しいとはいえ私の作る芋湯を飲み、若干顔色に血気が差してきたように思われます。相変わらず言葉がよくわからないのですが、同じく言葉のいくぶん不自由な陽太朗と通じるところがあるらしく、たまに私が外の用事から帰ると何やらクスクスと笑いあったりなどしています。疎開から除外となり、友達とも離れてしまった陽太朗にとっては、姿かたちや言葉こそ違えど、同じ子供同士の、久々の交流が嬉しいのかもしれません。そして、怪我をしているということを差し引きましても、彼の怯えも敵意も感じられない眼差しを見ていると、やはりこの子は何か私たちに危害を加えることなど無いような安心した気持ちになってくるのでございます。彼は自分のことを「ニヤ」または「ニャ」というような言葉で名乗りましたものですから、私は「荷屋」や「尼家」などのことかと思っておりましたがどうやらそもそも我が国の言葉ではないようです。ただ名前に言葉の違いがあるわけではないという気もいたしましたし、何よりも聞いた陽太朗は以来彼のことを嬉しそうに「兄ぃや」と呼ぶようになりました。そう聞くとなるほど、陽太朗より少しばかり年嵩に見える彼は、少しふわりとした雰囲気も陽太朗と似ていて、なんとなく兄弟というのも不自然ではないような気がして見え、私もなんとなしに「兄ぃやさん」などと呼んでしまうのであります。

もちろん、彼の体がもう少し良くなって立ち歩けるようになりましたら、きっと彼を見つけたあの叢の辺りまで連れて行ってお別れをするつもりであります。それまでは、私も陽太朗も一切身近な人間にさえこの秘密を漏らすまいと考えております。ですから、この間は私も取り乱してしまってはおりましたがもう大丈夫でございますからどうかご心配いただきませんよう、真平様もどうかご無事でお過ごしくださいませ。　チヅ

真平様

如何なされておりますでしょうか。兄ぃやもここのところは自分で体を起こし、さすがに立ち歩くことはまだ難しいようでございますが少しずつ快方へ向かっております。表に出さないように、障子や灯り取りのそばに立つなど人の目に触れることのないようにと陽太朗にも強く言って聞かせておりますし、兄ぃや自身も言葉がわからずともなんとなく分別がついているのでしょう、物分かりの良いところや落ち着いた佇まいを見ておりますと、やはり兄ぃやは子供ではなくどこか小さな国の大人の兵隊さんでは無いかという気にもなってまいるのです。伝えることが難しいとわかったためか口数は一時よりもずいぶんと少なくなり、その代わりによく私と陽太朗の会話をじいっと聞いており

ます。陽太朗と二人の時は、部屋の端に仕舞われたあなたの本の中から植物百科などを取り出して、順番に指さしながら何やらお花の名前を囁き合っているのです。

近頃私はどうしたら良いかわからず悩んでおります。時期がくれば必ずお別れが来ると陽太朗には最初から何度も言って聞かせておりますし、私自身の心ももう決まって、できれば早くその日が来ればとさえ思っておりました。しかし陽太朗はいっそう兄ぃや、兄ぃやと懐くばかりですし、兄ぃやのほうでも私たちの言葉を理解し、私と陽太朗二人の生活に寄り添おうとしてくれているように感じられる様子を目にするにつけ、心のどこかではこのまま、兄ぃやの体が完全に治らないまま、この国の戦いが終わって町に出ても誰一人私たち三人をとがめるような目で見つめたり、棒で叩いたりすることのない世の中にある日突然なってしまえば良いのにという気持ちでおります。

昨日の午後にもまた、飛行機で刷り紙がばら撒かれたようでございます。以前より皆どこかキリキリした様子で、刷り紙を細切れに破り踏みにじるものもおりました。

真平様はお忙しいのでしょうか。一行でもお返事を欲するような我儘があってはならないという気持ちと同時に、真平様のご無事を知る唯一の手段であるお手紙が途絶えることに言い知れぬ不安を抱えてしまうのでございます。

どうか、ご無理なきよう。

チヅ

チヅ殿

お返事が遅くなってしまい申し訳ありません。ただこちらで起こりましたとても不可思議なできごとをどうご報告したら良いものかと悩んでおりましたため、ご容赦いただければありがたいと思うものです。

ひょっとすると私の書いたこの手紙を読んだあなたは、遠い南の島で暑さに浮かされ厳しい訓練や野良仕事で気がふれたのではないかと思うかもしれません。否、実際そうであるのかもしれません。気をおかしくした者は、自分をそうだと中々認めないものです。私も本当は頭のどこかがおかしくなっていて、こんな荒唐無稽な幻を実際に起こったことのように感じているだけかもしれません。

この間のお手紙で、奇妙な祭りのことをお伝えしたかと思います。樹上に座らせて葬っていた亡き骸を木から降ろして一緒に輪になって踊り、しばらくの間地上で生きた人間と同じ暮らしをさせるというものだったのですが、盆の送り火に当たる日、暫く共に暮らした亡き骸を樹上に再び座らせるための踊りが行われるのです。最初の時と同じように、生きているものと死んでいるものとを木の棒で繋ぎ輪になって踊ります。これも夜通しです。暗い夜、火を囲んで踊るのを眺めていると、皮膚の色も何もわからず、すべてがごちゃ混ぜとなって、まるで誰が生きていて死んでいるのかわからなくなります。そうしてずっとずっと踊って、踊って、白々と夜が明けます。その時の私の疲れた目で見て、酔った頭で感じたものは、今となってみても錯覚か何かだったのではないかと思うのでございます。踊りの終わりの太鼓が鳴って、ゆっくり足踏みが止まった瞬間の私の驚きをどうお伝えしたらいいのでしょう。手かせ足かせをはずした瞬間のくったりとなった亡き骸を軽々と抱えあげたのは、鼻の欠けた男だったのです。男はひょいと肩にそれを担ぎ、すたすたと歩いて木の根元に立つと、あいているほうの手で幹の瘤をさぐりさぐり登っていったのです。そうしてなんとも手際よく亡き骸を座らせると、木の枝を跳んで降りて来ました。

近くにいた島の少女の言うには、祭りの最後の夜に死人と生きたものが輪になって、何周もぐるぐる回りながら一晩中踊ることで、どれが死人だか生きているのだかわからなくなった人たちは、生き死にがごっちゃになってしまうのだそうです。そんなばかな、と最初は思いました。島の強い酒で悪酔いして幻覚を見たのだろうと思いました。ただ次の日から、確かに農夫の家には鼻の欠けた男が暮らすのです。妻も元の農夫の妻であるのに、鼻の欠けた男とともに暮らすということです。よくよく考えてみるとそういえば、この島に来てから子供が生まれるのをまるで聞きません。お腹（なか）の大きな女の人もついぞ見かけません。ひょっとしたら子供は子供のまま、青年は青年のまま、娘は娘のまま、老人は老人のまま「交代」しているのかもしれません。私が相当、腑（ふ）に落ちない顔でいたのでしょう、島の少女はちょっと吃驚（びっくり）したように、それでも笑顔で、

「兵隊様の国は『外側』を一回使ったきりで捨ててしまうのですか。もったいない」

というような意味の島の言葉を発して、水を浴びに行ってしまいました。

ひょっとしたら私たちの隊は、集団で狐にでもつままれているのかもしれません。島の酒、よく育つ作物、いくつも見える虹といった物に催眠作用でもあるのでしょうか。いや、むしろそれらがすべて催眠によって見ている幻なのかもしれません。私は愈々、沢山のことがわからなくなりました。

ただ、私は毎日生きて、畑を耕しております。それだけは事実であるのです。手にはいくつかの肉刺と痛みがあります。日に焼けた体には筋肉の瘤があります。ふざけて騙そうとして、と
変なことを書いてよこして、と思われるかもしれません。ふざけて騙そうとして、と思われるかもしれません。

ともかく元気で、早くまた三人で過ごしましょう。

真平

真平様
便りが無いのはなんとやら、とは申しましてもやはり梨のつぶては心配で、毎日生きた心地せず暮らしておりました。
いいえ、真平様が嘘をつくだとか騙すなどとは露ほども思っておりませんとも。私は最近思うのでございます。こんな大変な世の中で、私たちが生きていることすら奇妙に

思えるほどの困難の中で、どんなできごとが起こっても、そんなもの不思議のうちになど入らないのではございませんでしょうか。

私が最近、そう思うようになったことが、こちらでも起こりました。真平様があのようなお手紙を送って寄越しさえしなければ、私も自分が気をおかしくしたかと考えて、お手紙に書くこともままならなかったかと思います。

空から刷り紙が撒かれても、もう誰も怖がりません。皆は気を張り続け、誰かを見張ったりし続けたことによる疲れで、なんだか逆に、すっかり穏やかな気持ちになっているのでございます。ですから陽太朗が私に、

「兄ぃやと一緒にぼた山に行きたい」

と言った時、私は反対しませんでした。きっと今のような状態で、少しばかり様子の違う子供が二人、仲よさそうに歩いていたとして一体誰がそれを咎めるでしょうか。

それに気になりますのが、陽太朗は最近、兄ぃやが縮んでいるといって泣くのでございます。私もうすうす気づいておりましたが、兄ぃやは最近少しずつ、なんと申しましょうか、痩せているのではなく体の肉付きはそのままに小さくなってきているのです。大きさに関して以外は、元気になっているように見えます。床の上に座り本を眺めたり、部屋の中でいろいろ動いたりしています。ご飯も食べております。それでも、私と陽太朗の気のせいかもしれませんが兄ぃやは日ごとに小さくなっているように見え、それを

心配して陽太朗は夜ごとべそをかくのでございます。

陽太朗の気が晴れたら良いだろうという思いと、やはり兄ぃやはもう長くはないのかという不安もあり、この部屋にずっといても仕方がないという気持ちで、私は二人にお山へ行こうと言いました。朝、二人には枕を打ち直してこしらえた頭巾をかぶせ、私のほうは手ぬぐいで軽く頭を纏めて覆い、お芋と粉を練ってふかしたお饅頭をいくつか包みまして、一緒に裏のぼた山へ向かいました。陽太朗は大層喜んで、兄ぃやの手をひいて歩いていくのです。最初は久しぶりの外出に目を眩しくしたり、こわごわと足を踏み出していた兄ぃやも、陽太朗の手をとり歩きだしました。良い天気でした。私たち人間が死ぬ死なぬに拘わらず、緑はとても美しく、空気はとてもおいしいものです。私たちが下ばかり見て、暗い部屋にいる間にこの国は気持ちの良い初夏となっていたのです。お天道様は平和なところにもそうでないところにも等しく照るという至極当然の、陽太朗にもわかるようなことを私はいまさら、思い知ったのでございます。ぼた山までの道すがら、私たちはずっと笑っておりました。兄ぃやも途中くたびれた時は少し私がおぶいましたが、それでもずっとにこにこしておりました（思えばこの時、あの子は驚くほど軽かったのでございます）。

頂上で広がる景色を見ながら陽太朗が、

「お母様、あの大きな楡の木に登りたいです。兄ぃやと！」

と、お饅頭で頬ぺたを一杯にふくらかしながら申しました。覚えていらっしゃいますか。あなたがよくぼた山の真実のてっぺんはここだよと言って、まだ小さな陽太朗を抱えて登っていらしたあの木でございます。陽太朗曰く兄ぃやが楡の木をじいっと見ていてそれでなんだか胸がさわさわしたと。

私は軽く心配をいたしましたが、陽太朗にそのような、他者を思う気持ちの芽生えたのが嬉しくもあり、今させてあげられることはなるたけという思いで私が手を貸しながら陽太朗と兄ぃやはゆっくりと太い楡の木を登ってゆきました。そして丁度良い具合に太い木の叉に二人で腰を掛けて懐からお饅頭の残りを取り出すときゃっきゃとはしゃぎながら仲よさそうに食べ始めたのです。私も幸せな気持ちでいっぱいになって、木の根の瘤に座って休みました。しばらくして、

「虹です。お母様」

というはずんだ声が聞こえました。私が座ったまま上を見上げると、葉の茂る枝の付け根から陽太朗の腕だけがにょっきりと伸びて、遠くを指さしているのが見えました。指の先を辿ってみると、私たちの住む町のもっとずうっと先のほう、見事な丸虹が架かっていたのです。丸い二重の虹。うっとりと見ていると、暫くして虹の真ん中から最初はぼんやり、そうして少しずつはっきりとした橙色の火柱が見えてきたのでございます。それからしばらく遅れて、耳の裂けるようなドンの音。音が、遠くから大きな波のよう

に麓の町を撫でてぼた山の斜面をせり登ってくるのが見えました。山頂に届いた瞬間、私の全身、纏めていた髪の毛の端まで震え上がり背を凭せていた幹に響き山に在るすべての葉っぱがギュワッギュワッと騒ぎました。二人とも降りていらっしゃい早く、と叫ぶ声も自分は出せていたかわかりません。幹を叩いて必死に口をあけて空気を肺から押し出しました。あんなに遠い場所の空襲の光なのに、頬が焼けるように熱かったのが余計に恐ろしく感じました。ドンの余韻の耳鳴りがようやく収まりかけ、代わりに火のついたように泣き叫ぶ陽太朗の声が聞こえてきました。

「お母様、兄ぃやが」

夢中で木によじ登りました。木の叉には陽太朗が一人きりで座っておりました。

「兄ぃやが、干からびてしまいました」

陽太朗の腕には今朝兄ぃやに着せた着物に包まれた木の枝が抱えられておりました。泣く陽太朗を抱えて降り、山道を戻りました。生きた心地などしませんでした。誰一人、道を歩いておりませんでした。爆弾はずっと遠くに落ちたようだったのにあの音と熱さです。私たちの町もすぐあれに呑まれてしまうだろうという気持ちがしたのです。あの刷り紙の表面に書かれた「新型爆弾」の文字をいまさら思い出し、嗚咽のやまない陽太朗をおぶいながら走りました。響くような音はいまだ鳴り止まず空を支配していて、火こそ届いておりませんが、町の温度も確実に上がっておりました。吸う空気の熱さで喉がじりじり焼けるような気持ちがしました。無事家に着きあなたにこしらえていただいた地下の壕へ入った途端、体の力が抜け私は陽太朗を抱きしめたまま汗びっしょりで気を失うように眠ってしまったのでございます。夢も見ませんでした。お腹も減りませんでした。陽太朗はずっと、「兄ぃやが」とすすり泣き続けておりました。

目が覚めて壕の蓋を開けると、眩しいほどの青空に雲雀（ひばり）が飛んでおりました。外に出るとあの熱く重い空気は一転、澄んだ気持ちの良いものに変わっておりました。洗濯物もすっかり乾き、塵（ちり）一つついておりません。道を見ると忙しそうに水打ちをしている人やお使いをしながら立ち話をしている人もおります。あまりに普段どおりの生活のために、私は寝ぼけていたのではないかとさえ思ったのでございます。ただ一つ、兄ぃやがいなくなったことだけが、変わったことでありました。私たちは庭に陽太朗の抱えていた着物を埋めて、木の枝を刺してお墓にいたしました。

木の上に座ったまま、音と風を浴びた瞬間に干からび、木の枝になってしまった兄ぃやのことは、おそらくこのお手紙以外で誰にもお話しすることはないでしょう。

南の島もどんどん暑くなってまいりましょう。どうか、お気をつけて。

チヅ

チヅ殿

ご無事とのこと、私がこしらえた壕も役に立っているようで何よりです。もっとも、役に立つようなことなどないほうが良いに決まっているのですが。

　あなたからの手紙を読んでから、兄ぃやのことを思いました。こちらの人々は制服を持ちませんし、兵役についているものもおりません。さらには写真さえ見ていないというのに私は、兄ぃやがこの島からそちらに行ったのかもしれないと考えております。

　ここは戦争だけでなく、見ていると喧嘩らしきものが一切ないのです。なにぶん体を繰り返し利用する方法を知っている人々ですから、不慮のできごとで怪我をしない限り、滅多なことでは体を傷付けないのでしょう。矢鱈と働かないのもそういったことが原因かもわかりません。島の人たちは「こういう方法」をある時から知って、それ故に「外側」を大事にして傷付け合わず生きているのだと思われます。それでもあの、鼻の欠けた男のように、不慮の事故は起こります。火事や高いところから落ちる、または波に呑まれ溺れる（実際島の人の事故死は溺死が殆どであります）場合に、体が焦げたりばらばらになったり溶けたりすると祈禱師でも「茶」でもどうにもならず、その時にだけ島の女が子供を生むということです。

　私は話を聞いているうちに、この方法を覚えぜひ我が国に持ち帰りたいと思いました。命の終わりを怖がらなくなるからという理由だけでなく、この方法があれば人はもっと平和に生きることができる気がしたのです。敵機は相変わらず、この島など存在しないかのように頭上を気持ちよく飛んで行きます。

爆弾ももちろんですが、それは気をつけていても仕方のないことでもありますし、雨の多いこの頃ですから、梅雨の湿気にてお体を壊しませんよう、陽太朗ともども大事にするように。

真平

真平様

お元気でいらっしゃいましょうか。

私はこのところのできごとを、最初からまるで夢の中のことのように思っておりましたが、陽太朗のほうはよほど兄ぃやのことが悲しかったのでしょう。あれこれ手伝ってはくれていますが、ふと気づきますと件の図鑑など眺めているのでございます。

私は陽太朗のそばに座り、図鑑をのぞき込んで驚きました。図鑑の一頁ごとに庭先の葉っぱや細かなお花が押してあるのでございます。そうして何かしら小さな文字のようなものが一杯に書き込まれていました。真平様が書かれたものでないことは私もよく存じておりますゆえ、陽太朗と兄ぃやの仕業でしょう。図鑑を眺めるうちに意思疎通した二人は陽太朗が採集係、兄ぃやが標本係と手分けして図鑑の情報に書き足していったのではないかと思われます。陽太朗は頁を捲り、押した葉を指で弄びながら、何やら小さな声でぼそぼそと独り言を申しておりました。あまりに小声だったせいか私にはその言葉を理解することができませんでした。

私はと言えば、兄ぃやを悲しみ悼む気持ちがないではございません。小さな兵隊さんは私の家で確かにいたのです。私と陽太朗の二人だけの秘密ではありましたがまぎれもない事実だったのです。でも、だとしたならば、兄ぃやはなんのためにあの藪で震えていたのでしょう。家の庭の植物を集め覚え書をし図鑑を眺めていたのでしょう。私にはこのことに兄ぃやとお別れになったという悲しみ以上の何か大きな意味があるように思えてしかたがないのでございます。ただ今となってはこれもすべて私の勝手な憶測に過ぎず、町の誰に申しましてもきっと私の疲れによる幻と気の毒がられるばかりでございましょう。

真平様もどうかご無理なさいませんよう、島の方を見習って適度に怠けながらお体を大切になさってください。

チヅ

チヅ殿

そちらは、そろそろ梅雨に入る頃でしょうか。こちらはもう三日も何もできずにただ設営所におります。「颪」のせいです。

上天気であったこの島も、時折強い風が吹き嵐のようになるのです。我々の到着した日もそうであったかと思われます。しかも今回の颪は特に巨大なもので、このようなものは数十年前に一度あっただとか、いやその時もかように強くはなかっただとかいう島の人々の話から、今回の天候が異常なものだというのがわかりました。私はこの天候の中、荒れる畑や戦局の心配よりも木の上の人々が気がかりでおります。

そうして当然のことながら、この天候では満足な訓練もできず皆の気持ちも徐々にささくれ立ち、我々は敵国にも無視をされ続けている。このような辱めを受けてなお、ただ穀（ごく）つぶしに無為な毎日を送るなど耐えられない。このままでは黴（か）びて腐り死んでしまうと言ってはあちこちで衝突を始めるようになりました。

私はといえば、ただ部屋で考えているのです。無為に生きることが衝突を生む我々と、長く生きるために、できるだけ無為な生活をしようとしているこの島の人々は、生き物としての根本が違うのではないか。我々がもし、なんらかの方法でこの島の人々のような命の使い方を学んだとして、果たして同じように生きていかれるのだろうかと、風が響く屋根の下、悶々（もんもん）としているのです。

今朝、強い風の吹き始めた中、鼻の欠けた男が私を訪ねてまいりました。男は、設営所の屋根を張る布を少し貸してほしい、と話すのですが、軍のものという規定云々（うんぬん）を差し置いても、厳しい戦局で老朽激しく現在使っている分で我々も不足であるため貸与してやりたいが難しい、と伝えたところ、男の心配事は木の上の人々のようで、このような強い風はかつてないほどだから、かなりの数の体が吹き飛ばされ海へ落ち使い物にならなくなるだろうと言うのです。ならば木から降ろして屋根のある場所へ入れればいい、と言いましてもあの木の高さと葉や幹の成分が関係しているので祭りの時以外は降ろすことができないということで、やはり私たちには計り知れない多くの自然科学的な根拠があるのだろうと納得し、では何か他に策はないかとたずねたところ、男は残念そうに首を振り、風は残酷で不便だがこの島以上の場所が今のところ見当たらないのだと言うのです。

出て行こうとする彼に、ふと私は気になって訊きました。あなたがたはそうして長く生きて、いったいぜんたいどうするのかと。彼はまだ若いように見えたのですが、きっと既に長いことこの島に生きているのでしょう。私たちは卓に向かい合って座り、彼は小さな紙に図を描いて説明してくれました。

彼らは、どうやらどこかからどこかへ移動している最中のようなのです。その地点がどれだけ離れているのか、また、どのくらいの時間をかけて移動しているのか、それは彼ら自身にもわからぬと言うのです。ただ、とても、長い時間がかかるということだけを理解している、と彼は言いました。彼らが体を再利用するのも、疲れず無理をせず、私たちから見れば無為なように過ごしているのも、最低限の労力で作物が取れるこの島の仕組みも、何か果てしのない航海に、私たちのような余所者がこの大風に運ばれて漂流してきてしまったようなことなのかもしれません。鼻の欠けた男は、巧くならない間抜けな鼻歌をならしながら帰ってゆきました。

日が暮れる頃になって、天幕の隙間から覗く空を、小さく虫のように飛んでいく島の人の体が幾つか見えました。大事にすることも無駄にすることもできる命が、それとは別に本当に簡単な、ごくどうでも良いことで無くなるのだと思い知りました。

あなた方も、どうか気をつけるように。元気な姿で会いましょう。

　　　　　　　　　　　　　　　　　　　　　　　　真平

真平様
そちらも雨が多うございますか。こちらも傘を持ち歩く日々でございます。

私、気がついてしまったのでございます。真平様と私の関係を。夫婦、という人間社会の上での関係のことではございません、あなたの耕す南の島の土と、私の立ちつくす庭先の関係といってもよいかもしれません。

夕べ、陽太朗があなたのことや兄ぃやのことを思い出したのか、切ながってべそをかきましたので、

「大丈夫、お父様は同じお空の下で元気に頑張っておられますよ。じきに会えます」

と言ってあやしました。すると陽太朗は、

「では兄ぃやは」

と聞いてきましたものですから兄ぃやはお空の上に……、と言いかけてはっといたしました。地続きであろうとなかろうと、同じ空の下にいることはできる、人はお空の上

にいても同じ空の下であるのに変わりはないと思ったのでございます。

　ひょっとしたらあなたも、お空の上にいらっしゃるのではございませんか？

　私は今まであなたは同じ空の下、地続きのずっとずっと遠い異国の南島においでであると思っておりました。だのに手紙のやり取りはまるですぐそばに、いいえ寧ろ同じところに立っているかのように同じ時が流れているのが不思議でなりませんでした。

　しかしたとえばどうでしょうか、空の反対側、同じ空を挟んで向こう側にあなたの耕す大地があるのだとしたら。天気や時の流れは全く同じの空の下、いいえ私から見ましたらあなたの大地は空の上、あなたから見ましたら私のいる場所は空の遥か上となるのでございます。荒唐無稽な妄想とお笑いになられるでしょうか。私も自分の思いつきがあまりにも突飛なためどう陽太朗に説明してよいか困惑いたしております。どうやってあなたがたお国の隊が空の向こうの大地に着いたのか。私の頭では全く考えも及ばないのでございます。ただこのお手紙がどうやって検閲を通り、我が家の郵便受けに到着するのか。それはきっとあなたの頭上を行きかう飛行機、お腹と背中をあべこべにして飛んでいると仰っていた戦闘機が、私のおりますこちらへ向かって投下するもの。

　そうですとも、きっとあの、盛んに刷り紙を撒くあの飛行機なのでございます。

　灰色の雲の上、あなたのいる太陽の眩しいそちら側の空から、刷り紙とともに私にあなたからのお手紙を飛行機が落としてよこしているのだと、本日私は確信いたしたのでございます。あなたは空襲などされませんとも。無論、私たちもです。あなたと私の頭上を行きかうあの、空飛ぶ乗り物の中には、紙っきればかりがパンパンに詰まっているのですから。言葉の刷られた紙切れは、空のあちらとこちらを繋ぐために、私どものいる町へ撒かれるのでございます。そこに混ざっているのが、あなたのお手紙なのです。

きっとあなたは極限の毎日にとうとう私の心が破裂してしまったとお嘆きになるでしょう。このような邪想に縋(すが)らねば毎日、この大地を踏みしめ陽太朗の手をひいて生きていくことができなくなったと、私の弱さに落胆なさるでしょう。それでも私の確信は揺るぐことが無いのです。

また、きっと一緒に暮らすことができます。それまでどうか、どうかお元気で。

チヅ

L.H.O.O.Q.

野生であるかそうでないか、その中でも捕食する側か、また、される側なのか、あるいはその両方であるかに関係なく、あらゆる生き物というものは姿を世界に馴染ませて他者に見つかりにくくするのが進化の要であったように、私にはどうしても思えてしまうのです。ですから、こんな、自分のようなろくに生き物を飼ったことの無い人間が、あんな短くそして太い、そのくせひどくすばしこい生き物をこの街のどこかで見つけ出せるとは到底思えないでいるのでした。

先月、妻が他界しました。亡くなるには確かに驚くほど若く、また大変に惜しまれる人間であることに間違いはなかったのですが、唯一の家族であるところの私に対しては大変に我儘な乱暴者で、私の存在など何も勘定に入れてくれていないような妻でした。ただ最後はあっさり、私になんの手もかけさせないような逝きかたでいなくなりました。そこそこの額あった遺産や保険金は、抱えていた事業の当座の運転資金等であらかた相殺され、さらにそれらを人手に渡したり処分するまでの手数料でうまく帳尻を合わせたかのようにすっかり消えてなくなりました。私がこういった金の扱いに不慣れのため、手際が悪く下手糞だったのかもしれません。妻であればもう少し巧くやったかもしれませんが、それで却って、また負債を増やすなんてこともしでかしたかもしれません。

私の手元には、尻尾の短く切り落とされた、太った小型犬だけが一匹、後に残りました。妻が生前大変に可愛がっていたこの犬は、鼻が低く目が離れ、妻の縮小版とも見えました。妻も意識的に、カジュアルな会合や取材の席では、彼女と犬の身に着ける服の色やデザインを揃えて「うちのコ」と呼び、場に興を添えるなんていうこともしていました。私はその犬の世話などは一切やっておりませんでしたが、私に対してひどく冷たい妻とは正反対に、犬のほうはこれは私に大変懐いていて、どんな行動をとるにもまず私をちらりと見て、私が犬を気にかけているかどうか、確認してから動くというようなことをするのでした。太い胴体をピンクのフリフリとした服に包んで、私の挙動を逐一気にする姿は、私をまったく視界に入れない日も多いであろう妻に、まるで私のお目付け役を仰せつかった小さな外部デバイスのようでした。あるいは、妻が、私への想いを結晶化して外部に排泄した実体がその犬であるとも思えたものです。確かに健気でかわいくはあるのですが、雄であったために私にはその風貌や懐きかたにやはりどうしても違和感があり、折角なのに申し訳ないなと思いながらもなかなか手放しでかわいがることができないでいました。

妻はどちらかというと太っていましたし、先の犬の件でも申しましたように一般的な尺度で見ると、いわゆる器量よしと言われるような、整った顔を持っていたわけではありませんでした。しかしどういうことか、若いころから妙に異性にもてていたようです。いや、どちらかというと、ある程度大人になって働き始めてからのほうがもてていたのかもしれません。欲目かもしれませんが、妻は同世代、あるいはもっと若く美しいとされている他の女性より光って見えていました。元始、女性は太陽であった、とはどこの科学者の言葉だったでしょうかね。

そんなところからか妻は、亡くなる直前までもよく男に恋慕されていたようです。しかしまったくこれも奇妙なことに、妻はそういった男たちにはあまり興味がないようでした（もっとも、夫である私にもまったく興味がないようでしたが）。おそらく彼女は、私と結婚する前も、そして後も、恋愛なるものの経験などなかったように見受けられました。

そんな妻が旅立ち、忙しさが通り過ぎてから私は一人で生きていく準備のために犬を手放すことを考えました。私にも、妻のそれとはまったく比較にならない程度ではありますが、ささやかながら毎日の仕事というものがありますし、屋敷を手放して、マンション暮らしになったということもあります。仕事中、妻のように犬を連れて歩くわけにはいきません。まず私は、無理を承知で妻の友人たちに打診をしてみましたがあっけなく却下されました。理由は簡単です。犬は妻と私以外の人間にまったく懐いていないばかりか、他の人間を獲物かなにかだと思って仕留めるような目で見ておりましたし、妻の生前、訪ねてきた知人が廊下で寝ていたので驚いて起こしたところ、すみません私が居眠りしてしまってと慌てて飛び起きる首筋にくっきりと歯形があったことも、一度や二度ではありませんでした。

　そんな犬のことですから、たとえそれなりの施設に預けても、すぐになんというか、良いように処置をされてしまうのではないかという気がしますし、万が一そうなった場合、空の上から恨みが槍のように飛んできそうで、誰に頼む、どこに預ける、といったこともなかなか考えられないでおりました。

　一方で、犬は妻がいなくなってから、いっそうこの世の中に対して捻くれた態度を取るようになってしまいました。私が仕事を終えて帰ると家の中は芸術的と言って良いほどの見事なやり方でめちゃめちゃにされていましたし、餌も排泄物の処理も意固地なまでに妻のしていたそのままを求めるようになっていました。つまり散歩は分単位で正確な時間を守り、決まった道が工事中であろうとなにが落ちていようともその道以外は絶対に通らないというありさまでした。

　しかしその日は、なにやらこの国にとって大きな法案の可決がどうしたとかで、家の近くの広い公園では大規模なデモ集会とやらが行われていたようでした。ただでさえ朝からやかましかったのに、そこが犬の散歩ルートであることがいっそう私を暗い気持ちにさせました。できれば時間か、せめて経路をわずかでもずらしたいとも思ったのですが、犬のほうは先の通り、頑として譲りません。私は、他人嫌いのこの犬が、あれだけの人を目の前にして平静でいられるだろうか、という懸念をもって家を出ました。綱を短く持ち、恐る恐る公園を横切るいつもの道に足を踏み入れましたが、はたして人混みは、私の考えていたよりもずっとひどいものでした。狭くはない広場には、人がぎちぎちと満ちていてさらにそれらがめいめい声を張り上げ、大音量でなにかの音楽さえ鳴っていました。それは、人の多い場所がさほど苦手ではない私でさえ、それなりに恐怖を感じるほどの騒ぎでした。

ひょっとすると、私のこの緊張が綱越しに伝わってしまったのかもしれません。瞬間、犬は短い体を弾(はじ)けるばかりに左右にくねらせました。私はラメの入ったピンクの綱を強く引き絞りその力に抗(あらが)いましたが、勢いよく左右に捩(ねじ)られた太い首の皮の弛(たる)みがビジューつきの華奢な首輪を滑らせ、直後、私と犬の間に首輪が落ちました。私はもちろん、犬のほうも、その状況を把握できないでいる間がしばらくあり、私のほうがはっと気づいたときには、犬は主張の声を上げる誰ともつかない人々の足の間を魚雷のように潜(くぐ)って消えていってしまいました。あまりの速さに、集団のうちの誰もが犬が足元を走ったことなど気づいてもいないような状態でした。

私は、しばらく首輪を綱の先にぶらさげたまま、騒がしい中で、これは捨てたのではない、犬の自主性に任せて生きていっていただくことが私と犬の運命だったのだと自分に言い聞かせていました。要は都合良く厄介払いができた、と考えたのだと思います。妻がいなくなって今まで、犬の処遇について考えなかった日などなかった私の、心の晴れようをお察しいただけたらと思います。

ただ、肩の荷が降りた気持ちの一方で、どうにも拭えない違和感というものもありました。捨てるつもりでいたはずの犬に自分が捨てられたという、なんとも自分勝手な考えではありますが、そのどうしようもない、選択権が私のほうにない状態に、まるで妻に心の底から見放されたような気持ちになったのです。とはいえ犬を見つけて、さて改めて捨てましょう、というわけにも行かないでしょうが、とり逃がすにしてもなんの挨拶もなしというのはさすがに妻に申し訳ないという気持ちが強く、ひとまずは犬探しをしようと考えたのです。なにもこの世界からすっぱりといなくなったわけではありません。むしろこの街のどこか、離れていない場所に必ずいるはずなのです。

日が暮れてもなお、公園の人々はいなくなる気配がありませんでした。私は公園の端の花壇の縁に腰を掛け、なお勢いを増す集団から発せられる言葉に混じってどこからか犬の声がしないかと耳を傾けておりました。言葉はときに暴力的であったり、また、悲痛であったり、かと思えばひどく呑気(のんき)であったりもしました。特に、ひとりひとりがあげる言葉よりも、みんなで一斉にあげる掛け声がどうにも滑稽に聞こえてしまって、私は失礼にならないよう口元を隠して咳払いを我慢する振りをしながら笑いをこらえていました。

私は犬については本当に無知で、そのためにいったい犬が自分の寝床以外でも眠ることができるのか、また餌がなくてもゴミや他の生き物を捕まえて飢えをしのぐことができるのかなどまったく判らなかったのです。

また、私は日の暮れた公園に立って犬の名前を呼ぼうとして、大変に驚きました。妻があれだけ可愛がって呼んでいた犬の名前を私は覚えていなかったのです。思いだそうとしても口元まで出かかるのは、ポチや、タロなどといったパブリックドメイン化された犬の名前ばかりで、そのどれもがあの犬の名前のようでもあり、どこか違うようでもありました。私はあきらめておい、とか、やあといった声を出してあの短い体の犬を探し回ったのですが、呼びかけても振り返るのは、集会をしている人の中の、恐らくはおい、とかやあ、という言葉で呼ばれ慣れていると思しき人たちばかりでした。犬というのは人と違って、具体的な自分の名前を呼ばれなければ寄ってこないものなのかもしれません。何人もの人を振り向かせてしまい、ついにはその気恥ずかしさというかいたたまれなさに負けて、私は犬探しをひとまずあきらめ、帰宅しました。当然のように、家のほうにも犬は帰っておりませんでした。

飼っている生き物の見つけ方、というと、名前を呼び探し回る以外には貼り紙をするとか役所に届けるとかが一般的なのかもしれません。しかしそのどれをするにしても、犬の名前が必要であることには変わりないことに気がついた私は、仕方なく犬の引き取りを打診したきり気まずさもあって連絡をしていなかった妻の身の回りの人々にあたって、犬の名前を訊ねました。中には妻が忙しい一時期だけ犬の世話をしてくれていた女性までおりましたが、それでさえ、誰もが別々の名前を言う状態なのでした。

候補としてでた名前は三つ。一つは昔からある国産スポーツカーのペットネームと同じ名前。もう一つは今シーズンの沢村賞候補と名高いある先発投手の登録名と同じ。あと一つは、この街を走る路面電車の駅名にもなっている町内の地名と同じものでした。そのどれも、一般的な言葉ながら犬の名前として妻の口から聞いたような、そうでないようなという曖昧な印象の単語でした。

そんなに巧くいくはずがないというのは判っていたのですが、私は奇妙な一致になにか意味があったら面白いという気持ちもあって、犬の名前の候補として出た、町内の地名を示す場所を次の日の朝に訪ねてみることにしました。

犬探しの準備として、普段与えている、食べ慣れた餌の缶詰と虫捕り網、他にはなにかに使えるかもしれない半透明のゴミ袋を用意しました。

犬の名前の候補の一つであった言葉は、地名としてはごく一般的なもので、犬の名前として聞くほうが違和感のある言葉でした。私はこの街で生まれ育ったわけではなく、この場所に来たこともありませんでした。案の定、犬の姿は見あたりません。ただ、そこに立ってみると犬の名前という言い訳があったとしてもその地名を大声で叫びながら歩くという行為がどうにも勇気がいる事のように感じられてしまい、ほとんどただの散歩のような振りをしてうろうろするのが精いっぱいでした。

あの犬はもうこの世界のどこにもいないのかとさえ思われました。少なくとも私が目にしているこの街のどこかに、あんなに存在感のある生き物がうろついているとはとうてい思えませんでした。飼っている生き物というのは逃げるものなのだ、そうして逃げた生き物を探すのは、こんなに絶望的で心細いものなのだということを思い知り、私は大変暗い気持ちになりました。私のような、あの犬になんら情の無かった人間ですらそうなのだから、巷（ちまた）にいる、例えば長く飼っているペットを逃がしてしまった人などは、本当に心苦しい思いでいるのではないだろうかと考えました。

犬を探しているんです。見ませんでしたか、小型犬です。と何人かに訊ねても、ちょっと考える振りをした後に残念そうにお辞儀をされるばかりでした。

ただ一人だけ、恰幅（かっぷく）がいい、というのの一歩手前くらいの、自転車を引いて歩く、眼鏡を掛けた女性だけは、

「犬を探しています」

というと化粧気のない眉を寄せて、

「そんな格好で？」

と訊いてきました。私は想像していた反応とあまりに違ったことに驚いて、

「犬を探す格好というのはどのような」

と思わず訊き返してしまいました。確かに、といって彼女は体格に不似合いな高い声でハッ、と短く笑い、道の端に自転車のスタンドを立てて停めると、ポケットから煙草を出して一本くわえ、火をつけました。

「犬は、追いかけると逃げるし逃げると追う、それは知っているでしょ？」

私が首を振ると、彼女は煙を吐き出すためにほんのちょっとタイミングを遅らせた後に、

「本当に犬、飼ってるんですか？」

と、さっきより若干丁寧な言葉で訊いてきました。飼い始めて間もないので。と私が言い訳をすると、馬鹿にした様子もなくむしろ若干残念そうに、

「じゃあ、見つけるのはそこそこ難しいかもわかりませんね」

と、ふたたび煙草に口をつけました。その様子を眺めていると、彼女がひどく急いだ風に煙を吐き出しながら、こちらを向いて言うのです。

「犬を探すなら、なにか特徴とか、見かけたら連絡くださいとか、そういうの、作って

おいたほうがいいですよ」

私はそれを聞いて、慌てて彼女の持っている煙草の箱にボールペンで自分の携帯電話の番号と『犬』という字だけ書き入れました。彼女はそれを見て、また高く短く笑いました。その日も、犬は姿を見せませんでした。

次の日も、また次の日も、同じ時間、同じ駅の近くには彼女がいました。同じように自転車を引き、私のことを見かけると路肩に自転車を停めて煙草に火をつけ、そうしてこの格好は犬探しに向いているとかいないとかいった判断をしてくれるのです。私も二日目、三日目とわずかずつ、自分で思う犬探しに向いていそうな格好を選ぶようにしていました。それを受けて彼女も、今日のこの部分が犬探しに向いている、などとふざけたように褒めてくれるのは良いのですが、一体それが犬探しとどんな関係があるのかは、私には皆目見当がつかず、それがかえって面白くもあるのでした。

犬探しというものがどんな風なのかよくわからなかった私に彼女は、犬の姿や習性も含めていろいろ教えてくれました。彼女は笑うときのほかは声が低く、時折いがらっぽく咳払いをするその音が大きいために いくぶん驚いてしまうこともありましたが、それ以外の部分においては大変楽しく好もしい、魅力的な女性でした。いなくなった妻にも心なしか似ていたように思います。彼女が夢中で話しているのを聞いていると、なんとなく私も犬のことに詳しくなったように感じることができ、一人で探し回っていたときなに離れた所にいても犬というのは、ぼろぼろになってでも帰ってくるものなのではないかという自信さえ持つことができました。ただ、一方で犬探しのほうは、ほとんど進展がない状態が続きました。

彼女は、この地区に幼いころ引っ越してきて、もう十五年以上住んでいるということでした。大学は電車でそう遠くない場所へ通い、卒業後、仕事は一定の繁忙時期だけ郵便物や荷物の配送の作業をし、その他は物書きの真似事などをしていると言っていました。小説ですかと私が訊ねると、そういうものはあまり読まないので書くこともしませんと言い、ネットの記事などをまとめて掲載し、その記事ごとに広告収入のはいる仕組みがあって、主にはそういう仕組みを作っている会社から記事の執筆料のようなものをもらって、生活の足しにしているのだと教えてくれました。

私は帰りしな、彼女に犬探しをしている中で感じたことを話しました。

「生き物は進化の段階で、姿を背景にとかしこんで隠す能力を発達させたのでは？」

と。彼女はしばらく考え、

「では光る生き物は？」

と、最初のときのように質問を返してきました。

言われてみれば、仮に姿を隠すことが進化の要だというのであれば、世の中に少ないながらも存在する、『発光』という進化を遂げた生き物については、たしかにその存在自体が矛盾しているように思えました。

その次に会った日の帰り、彼女は自分の住んでいる部屋に私を呼び入れてくれました。私は彼女の作った、冷蔵庫で冷やされている麦茶をもらい、彼女は缶にはいったお酒のようなものを飲みました。しばらく他愛のない話をして、そのあとで彼女は必要以上に丁寧な手際で私の服をとりました。慣れていないようにも、またそのように見せかけているようにも感じられました。まるでそういうことを含めて私に見せているようなやり方でした。そのために私は、この一連の状況をなんだか他人事のように見てしまっていました（そもそも妻は、私の服をとるなどということはしませんでした）。電気を消してほしい、と私が言ったとき、彼女はやはり寸劇のようなもったいぶったやり方で笑って、

「女の子みたいなこと言いますね」

と言い、明かりを消しました。私はそのとき、外がすっかり暮れていることに気がつき、そのため少し嬉しく思いました。

これは、比喩でもなんでもないのですが、妻は生前、本当に光っていたのです。普段から弱々しく光をはなってはいましたが、それは本当に暗闇のときにうっすらとわかる

程度で、薄暗がりでもわかるほど強く発光するのは、性的な興奮をしているときでした。ひどいときには、私の体が照らされるほど明るくなることさえありました。訊くと妻の母親もそうであったというし、健康上問題がないことから気にしたことなどなかったそうです。私は妻同様恋愛の経験がまったくなく、妻と見合いで結婚するまではなんというか、女性の体というものを知らずに生きてきたものですから、女性というものはきっと誰でも、強い弱いの個人差はあれども微(かす)かに光っているものなのだ、そして性的な興奮をするときにはその光が大変に強まるのだろうと思っていました。そして私は、これは恥ずかしいことかもしれませんが、妻がいなくなってから、その光を大変に欲していたのだと思います。彼女の部屋で話しているときも、暗がりの中で彼女の光るところを見てみたい、と考えていました。

ですが、結局、最後まで彼女はまったく光りませんでした。どんなに暗い中で目を凝らしても、うっすらとも明るさは確認できませんでした。彼女が芝居がかったやり方であったためにまったく興奮をしていなかったとしても、これほどの暗がりで光が見えないということは、妻だけとは言わないにしても、あれほど明るくなるというのは相当に珍しいことだったのではないかと考えました。

彼女は服を着ることなく外していた眼鏡をかけると部屋の窓を開け、煙草をくわえて火をつけました。

「ところで犬の名前は？」

彼女が大変に訊きにくそうにしながら口にした質問を、私は聞こえなかった振りをしました。暗い部屋から窓の外を見ていた彼女の視線が、外にあるなにかを捕らえたようでした。動きを追う彼女の視線は、大変に素早く左右に揺れていました。顔全体には驚きの表情がありました。口元は、吐かれた煙草の煙と共に、なにかを呼び止めようと開きながら、なんと呼んで良いのかわからないという、ためらいの動きがありました。彼女の掛けている眼鏡の端には、光って弾ける小さなひとつのなにかが、反射して見えたような気がしました。

如何様（イカサマ）

世田谷でもこのあたりというのは、ひときわ坂が多い場所だった。一歩ずつ進み、一区画ずつ番地を確認しながら坂をのぼる。この坂に名前がないことを意外に思う。いや、田舎にいた幼いころは坂の名前などないのが当然だったか。そもそもこの世の多くの場所にとって、坂道は高さのちがうところに行くための道というだけのものなのに、東京というところはどういうわけか、こういった坂ひとつにもいちいち御大層な名前がついていることが多かった。

暑い日だった。蟬が煩い。太陽の光は、首の後ろに痛みを感じるほどの強い熱をなすりつけ続けている。私はつばの短いソフト帽でなく、麦わらでも被って来ればよかったかと後悔しながら、首から伝い下に向かって垂れてくる汗を手の甲で拭った。大きな空襲を受けなかったこのあたりはあちこち木々が深くなり、坂の途中にある神社の周辺は昼間でもしんと暗くなっているが、あいにく今歩いている道には陰になる場所がまったく見あたらない。道に蟬の、かわいた亡骸がみっつ転がっている。お互い同士は黒い糸でつながれていながら、それぞれがじりじりと動いている。どれもすべて死んでいそうなのに、すくなくともそのうちどれか一匹が生きていて、残りのふたつを引っぱっているのかもしれない。私はその生きているものと死んでいるものとの区別がつかず、近づいて注意深く見た。が、黒い糸と見えたものは蟻の行列で、やはり蟬は、みっつともまちがいなく死んでいた。

　こぢんまりとした門扉に掲げられている看板は、アトリエ・ヴェルデなどと名前ばかりが気どっているものの、薄暗く湿っぽい雰囲気の長屋じみた建築物だった。その建物の一角に、平泉タエは暮らしていた。倉庫のようで、人が暮らすには若干不向きなように思えたが、ただ、そんなみすぼらしいものであっても、現在の東京ではひとまず壁と屋根がついている家に身を寄せていられることは、それだけでも充分に恵まれていると言えた。

　非常に簡単な、勝手口にも見える玄関を開けて迎えに出てきた瞬間、タエは、

「あらっ」

　と素っ頓狂な声をあげてから続けて、

「ああ、ごめんなさい、記者さんって伺いましたものですから、わたくし、榎田さんのようなかたがいらっしゃるんだとばっかり」

　と、すぐに驚いた表情を崩し、ばつがわるそうに微笑みながら私を迎え入れてくれた。

部屋の中に入るなり、かすかに刺激のある薬品の臭いが鼻にさし入ってくる。絵具なのか、またはほかの特殊なインキなのか。それはこの、アトリエという場所の印象がそう感じさせているだけかもしれないが、それであってもこの臭いの中で暮らさなければならないのは大変だろう。こういった臭いは、いくら毎日入念に掃除していても避けることができない。

私の差し出した箱を見るなりタエは、アッ雷宝屋の白あん最中、とはしゃいだ声をあげ、いそいそとお茶の準備をしはじめた。

部屋は入口の様子から想像していたよりかなり広く感じられる。と言っても部屋の中は殺風景の極みで、ろくな家具もなくただの箱といった風情のために、だだっぴろく見えていたのかもしれなかった。窓は大きいものの、外からは中庭の緑が覆っていて太陽の光があまり差し込んでこない。奥には収納に使われている狭い空間がある。そこには扉がないために、中にカンバスやら額縁、絵画に使われるのであろう様々なものが納められているのが見えた。前もって榎田から聞いていたとおり、本来ここは画家や彫刻家の作業場だった場所か、あるいは共用の物置場だったのだろうか。台所や水場は共同のものが中庭に面した渡り通路にあるのだという。

殺伐とした空間の中でほっとする、香りのよい煎り麦のお茶を差し出してくれながらタエは、

「そんなにお若くて、記者さんで、そのうえ探偵さんだなんて、大変でしょう。しかも今の時分、物騒な事件も多いですから」

と、大げさに、そして興味深げにたずねてくる。いったい榎田は、タエに私のことをどう説明していたのだろう。私は困惑しながらも、タエに変に気取(けど)られないよう、普段あまりやらないつくり笑いまで浮かべ、つとめて軽やかに答えた。

「いえ、私が仕事で主に書いているのは暮らしの中で役立つような、ささいな記事です。ですから事件のようなものはまず扱いません。榎田さんに頼まれているのも、探偵というような大げさなものではなくて、ほんのちょっと、調べ物の真似(まね)ごとをしてくれって、お使いみたいな頼まれごとを受けている程度のものですから……」

そうしてさらに、

「お小遣いほどにもなりませんよ」

と、余計なひと言まで言い添えた。そんな言いかたをしながら私は、自分の書いているものや、いまタエと話していることについて考える。

私より十歳ほど先輩の女性たちの中には、戦地の状況を記者として取材して、記事にしてきた人が何人もいる。タエの中で女性記者というものは、おそらくそういった人たちのことなのだろう。たしかに彼女たちは戦地で得た経験をもとに多くの文章を残している。彼女たちはみな優秀で勇敢で、書く文章はその人格を表すかのように、ひと言たりとも緩んだ表現がなく、力強かった。読んでいて心は高揚し、当時、私もいずれはこのような仕事を、と考えていた。しかし私がなんとかその先輩たちを真似て近い雰囲気の文章を書くことができたとして、それはどれだけ必死に似せられたところで、あくまで表面だけなんとなく近い偽物でしかないように思える。名文美文を一字一句たがわず書き写しても、それはその当時書かれたものとはちがうなにかなのだろう。だから私は今のところ、彼女らの背中をまぶしく眺めているしかなく、とはいえただ突っ立っているわけにもいかず、自分自身が使いうる限りの言葉を尽くして、現在の、戦後日本の様子をなるたけ詳細に記録することくらいしかできないのだった。

現在、タエの義父母、つまりタエの夫である貫一の両親は外出をしていて家にいないようだった。寝る時以外にこのあまり居心地がよいとは言えない部屋にいたくないという気持ちもよくわかるが、昼間は寄合所に集まっている近所の人たちと話していることが多いらしい。ここで暮らし始めて日が浅いので、地域になじもうと頑張っているのだそうだ。

「まだふたりとも元気なので、ありがたいことですが」

とタエはのんびりとした調子で言うが、この手狭な場所でなじみのない義父母と暮らすというのはいろいろ気が滅入ることもあるだろう。タエにとってきっと大切な午後の、のんびりしたひとときを、こんな聞き取りのために長々と使ってしまっては申し訳ない。

私はさっそく取材を始める。

「そりゃあ、第一次復員の時はもちろん祈るような気持ちで待っていましたけれども。ずっとなんの音沙汰もなかったもんですから、わたくし、てっきり……」

と一度タエは申し訳ないみたいな顔をしてのち、すぐにあわてて言いつくろった。

「あ、いえでも、復員局のほうからご連絡をちょうだいしました時はそりゃもう、お義父さま、お義母さまと本当に喜んだんですよ。この家は財産もなにもかも、多くを失ってしまいましたけれど、仏さまはいらっしゃったんですねえ、なんて」

そうして、しみじみとした笑顔をこぼす。


水彩画家である平泉貫一は先の大戦の末期に出征し、一度部隊に入ったのち体を壊してごく短い間のみ医療施設に入所、療養中に配置転換を経てから終戦後は一旦捕虜として収容されていた。復員し、ここ世田谷区北沢のアトリエで仮住まいをしていた平泉家の元に戻ってくるのに他の復員者よりずいぶん月日がかかったようだ。と言ってもこのご時世の東京では、空襲で焼け出された際の引っ越しや疎開でうまく連絡が行き届かない地域も多く、家族が忘れたころになってなんの便りもなくひょっこり戻ってくる者も珍しくはなかった。そういった特別な例がひとつでも存在してしまい、かような前例があることを知ってしまった家族であれば、たとえ死んだという正式な連絡を受けたとしても万が一の希望を抱いて、ずっと帰ってこない良人や息子を待ち続けて暮らしてしまう。実際そのような家族は多かった。なんの証明もできない中で、骨だ、服の一部だと欠片が届けられ、とりあえず信じろなどと言われても無茶な話だろう。そんな中にあっては、まだ、連絡があってから各種証書を携え元気で戻ってきた貫一はよいほうだったか。

　平泉家はもともと四谷のほうに戦前からの住まいがあったのを、先の大空襲の際に焼け出された。前からとりたてて財産もちというほどの家でもなかったが、持っていたすべてのものをきれいさっぱり失ってしまったところに、貫一をはじめ仲間のアトリエが多く集まっていた北沢あたりがさいわいにも空襲をまぬがれていたということで、タエと義父母はひとまず貫一が間借りしていたアトリエのあったこの建物の一部、物置に使われていた大部屋を整理し、そこにほとんど着の身着のままで身を寄せた。

　ここのアトリエ長屋を所有していたのは、千代田区猿楽町に以前からあった美術系の出版社で、その編集部にかねてから貫一と懇意に仕事をする榎田という男がいた。貫一は戦中から、そのつてでここのアトリエを借りていたという。出版社のあった一帯も空襲の被害にあったため、アトリエの建物の中で使われていないところに編集部の機能を一時的に移していた。終戦間際は出征していた画家も多く、東京に残っていた者たちも作品制作の余裕がなかったのだろう。そのころになると、この建物はほとんどがらんどうの廃墟状態になっていたらしい。

戦後、貫一をはじめ何人かの画家が制作を再開するようになってからでもなお、建物の一角には仮で移されている編集部のさらに間借りというかたちで、貫一の老父母と、嫁のタエが身を寄せていた。

「そりゃ、まあ、帰ってきたのはもちろん、とても嬉しかったんですけど……」

とタエが言葉を濁すのも無理はない。タエは、貫一が兵役についている最中に平泉家に嫁いで来たため、復員してくるまでお互いほとんど面識がなかった。出征前に一度だけ見合いを通して軽く挨拶の席を設けていたものの、当時まだ十七歳で東京に来たばかりだったタエは、その際貫一の顔はもちろん、平泉家の人間の顔さえもほとんど見ることができていなかったという。

さらに祝言にいたっては、その日どりの電報に行きちがいがあって、タエがひとり上京してきた際すでに貫一は出征してしまっていた。平泉の両親も困って、祝言の代わりにと言って貫一の愛用の絵筆（ただ残された中で一番使い古されて見えた、というだけで、愛用と断じていいのかどうかは疑わしいほどのもの）を懐に納め、神社に貫一の無事をお参りに行ったという程度のものであり、そのためタエはほとんどなにもわからぬまま寡婦同然になり、嫁ぎ先で焼け出されただけでなく、老いた義父母とともにわずかの財産も残らない、絵の道具ばかりの転がったこのアトリエに暮らすことになってしまった。

そんな状態であったから当然、貫一の両親つまりタエの義父母の立場からすると大変な申し訳なさがあったのだろう。彼らはタエに対し、

「貫一の復員をしばらく待っても、希望が薄いと判断したら私たちのことは気にせず郷里に帰ってかまわない」

とことあるごとに言ってきたという。

ただこれ以降は私の想像であるが、本音を言えば老いた義父母も、タエがいれば安心できることは多かったらしい。ひとり息子も財産も戦争でなくしているのに、そのうえタエすらいなくなってしまえば、彼らには正真正銘なにも残らないのだ。おそらくはタエもそのことに気づいていたのだろう。そのためか、

「田舎に今更出戻ったとてどうなるものでもないですから。嫁がせたものが戻ってきて、さてこれからまた婿の探しなおしだと嫌味を言われるのも癪（しゃく）ですし」

とせいせいした様子で言うのだった。

タエというのは取りたてて美しい娘とも言えないものの、さっぱりした強さと、それに由来するように思えるどこか愛嬌（あいきょう）めいたものを持ち合わせていた。加えてこの一連のできごとをことさら大げさに怖がるでもなく、困ったものだと考えながら、しかしなる

ようになるであろうと受け止めるしなやかさも持ち、それがまた彼女の美徳であると思えた。タエは美術をたしなむ貫一のような男に限らず、私のような者の目にもなんとなしに好もしく映る魅力を持った女性であることにまちがいはなかった。

今、私が調べるよう頼まれている一連のことというのは、復員した貫一についてであった。タエの夫、画家平泉貫一は第一次、第二次復員といった大規模な一斉復員の機会と外れたまったく別の時期に、復員局からの連絡があったのちに、ひとり戻ってきた。出征中に一度軍の病院に入院をしている。さらに終戦後は、私の深くない知識からでも、人道的とは言いがたいと知れた施設に捕虜として収容されていたらしい。とはいえ、復員時には大きなけがや感染症もなく、精神並びに身体の健康状態はひとまず問題なしとされ、医者の助けも借りず、ただひとりで汽車に乗り歩いて帰ってきたという。

たしかにめでたい奇跡ではあるが、これだけなら戦後さほど珍しいことではなかった。ただ問題であったのは、帰ってきた貫一の姿だった。出征前の貫一の写真と現在の彼の姿は、普通に考えたらまったく似ても似つかぬ、むしろ完全な赤の他人であってもこれより似せることは簡単であろうというほどのちがいようだった。

要はどう見ても別人が帰ってきた、ということである。

平泉家にあった家族写真などはすべて焼けてしまっていたため、貫一の戦前の姿は多く残されてはいない。出征のすこし前の貫一の姿は、帝国美術協会の会員画家名簿に掲載があった。そこで印刷がきわめて不鮮明ではあるものの貫一の以前の写真を確認することができる。また、協会展の画集において、小品とはいえ貫一自身による戦中の自画像の出品があった。こちらのほうが、かえって不鮮明な写真よりも誠実に当時の貫一の姿を表していると同会員や作家仲間が言うとおり、それによれば貫一の姿は、彼の穏やかさをよく表した輪郭を形作る白く丸い頬に、その肉に押しあげられた細く三日月を描く一重瞼(まぶた)の黒目がちな目、口角がふっくらとした頬に埋まった、ただ黙っていても笑顔に見える表情を持っていた。

今、私の手元にはその自画像を写真に焼いたものと、榎田から受け取った今の貫一の写真がある。それによれば復員した際の貫一の顔は、以前の自画像を横に並べて十人に見せたらまず十人全員が別人であると言い切るであろうほどに、似たところなどひとつもないものだった。黒ずんで細面の、頬が削(そ)げて頬骨は出っ張りごつごつした輪郭に、落ちくぼんだ目はぐりぐりと見開き、額には複雑なしわが刻みこまれている。

どこかがちがっている、なにかしら違和感がある、といった生易しいものではなく、なにひとつ似たところがない。どれだけ時間をかけたとしても、どこに同一人物の面影を探したらよいのか見出(みいだ)せないほどであった。

実際、貫一の両親でさえも、帰ってきて扉の前に立っているのが復員してきた自分の息子であることに気づかず、しばらくの間、誰かもわからぬひとりの復員兵としてもてなしていたらしい。

「わたくしはそもそも、平泉の顔をちっとも覚えていなかったものですから、まあ、そんなこともあるのでしょうかねえ、くらいの考えしか浮かばなかったんですけれども」

とタエが言うように、貫一はあまりにも別人然として戻っては来たものの、書類などの類はすべてにおいて彼を貫一本人だと証明するに充分足るものだった。当時国内には復員詐欺が横行していたため、周囲の人間は警戒感がないでもなかったが、それであればなおさら、

「家も財産も焼けてしまった、こんなすってんてんの家に来たところで詐欺のしようもないでしょうしねえ」

と、タエはその丸い顎に手を置いて、腑に落ちない様子でつぶやいた。

さらに貫一の両親にいたっては、彼が帰ってきてすぐこそ勘ちがいして他人と思いこみ迎えいれてはいたものの、目の前の男が自分たちの息子なのだ、無事に帰ってきたのだとわかればそれはもう大喜びで、ここまでの変貌に関しても戦地のあまりにも過酷な状況によってこんなふうに変わり果ててしまったのだ、かわいそうに、息子を別人にさせるほど、また我々の目に自分の息子を別人と見せるほど、戦争は大変なものだったのだ、と言って貫一にすがって涙を流していたらしい。タエは無事を喜びこそすれ、特別

な思い入れのなかった夫の帰還、そうして義父母の、突然の芝居がかってさえ見える様子をぼんやりと眺めているしかなかったという。

「とまあそんな様子で、お力になりたいのはやまやまなのですけれど、わたくしが答えられるのはそれきりで。あまりご参考にもならないんではないかと思います」

そう言ってタエは腰を上げると、このあと商店街まで夕飯の買い物に行くついでがあるからと私を駅まで送ってくれた。

タエは私より二歳ほど年下だったが、彼女のほうが私に合わしてくれたものか、私たちは話が合った。彼女の自由なひとりの時間を無駄に奪うことはするまいと考えていたのに、なんとなく話を遮るのも惜しいと思うまま、予定よりずいぶんと長く居座ってしまったことに気づく。

よい行き方があるんです、と連れられた道はたしかに、行きの時のような厳しい坂に出くわすことのない道のりだった。と言っても帰り道なのでどちらにしても下りではあるのだが。

「同じくらい高いところから低いところに移動するのに、どうにかして巧(うま)いこと道を変えると坂らしい坂が全然ないなんて、なんだか、だまし絵みたいでしょう」

歩きながらタエはそう言って、私を改札まで見送ってくれた。今後あのアトリエに向かう際にはこの道を利用するのが便利だろうと私は考えつつ帰った。

復員後、貫一はしばらくの間アトリエで両親やタエと暮らしながら、戦前以上に熱心に制作に打ちこんだが、現在はふっつり、どこかに姿を消してしまっているらしい。

「私のような、人間の顔貌を骨格から見ることが普段から習慣づいている者からしましたら、平泉のあれは、まちがいなく……ええ、あれはもうまったくの別人ですよ」

そう主張して譲らぬ筆頭が榎田洋二(ようじ)であった。榎田は、貫一とは出征前から懇意にして、なにかと彼の世話を焼いていた美術系出版社の編集部員であり、貫一が出征している間に焼け出された平泉家がアトリエに居住できるよう手配していた協力者でもあった。加えて榎田は、私にこの一連の(彼が言うところの替え玉)事件——とも呼べぬできごと——について調べるよう話を持ちかけてきた張本人でもあった。

戦地から帰ってきた男が別人にしか見えない。その男は今、姿を消している。言葉にすると、たしかにおかしなことではあるけれども、多くの人命にかかわることでもなく、また大金を盗むような大泥棒に関することでもない。かように混乱した時世で、この程度のことは酒の上での与太話にさえならないものだった。おそらく今回の取材を記事にして新聞や雑誌に持ちこんだところで、大きな特集を組まれるものでもないだろう。

榎田のこんな提案に乗るのは、おそらく今の時代の人間の姿を、謝礼や名誉にあまり頓着せず静かな好奇心のみを動力として、ただ調べて書き残そうと考えている私のような人間くらいのものだと思われた（しかしながら今の時期には私同様、あちこちで起こる緊迫するでもない物事を、どこかに発表するあてもなく書き留めようとする人間は、わずかながら存在したのだが）。彼もそんな考えがあって、この話を持ちかけてよこしたのだろう。

最初、私のところへやってきた榎田は、喫茶店で開口一番、

「このことをきちんと暴いてほしい」

とまるで世紀の大悪事を糾弾しろとでも言わんばかりの様子で話し始めた。榎田は小柄で痩せ型、身につけた大きめの眼鏡には薄く色がついている。最初は私に依頼をしに来るための変装なのかとも思ったが、普段からこんな風貌らしい。色つき眼鏡を身につけていて、きちんと絵の良し悪しが見極められるのだろうか。黒髪の前髪は整髪料で後ろになでつけられていた。表情から神経質そうに見えるのは、貫一の話をことさら真剣に話しているからということでもあるのだろう。もし私が友人として会う場面なら、もういくばくかでもお調子者に見えるのではないだろうか。はっきりとした橙色のネクタイだけでその想像をするのはさすがに尚早か。

「平泉の両親に関しても……あれにしたって、薄々感づいちゃおるでしょうけどね。だっていくら人相学に明るくないと言ったたって、さすがに自分たちの息子でしょう……そりゃあ……」

気づかないはずはないが、というところで榎田は言葉をとめる。

榎田に限らず平泉家のまわりの人間は、すべて失ってしまった貫一の両親が気の毒なあまり、かくいう状況も仕方がないと思っているのだろう。彼らにとっては帰ってくる息子だけが希望であったのだ。復員してきた男が正真正銘、貫一であると信じて疑わないのか、それとも信じるほかに生きていくよすががないのか。どちらなのかはあまり関係がなく、貫一の両親は彼を本人だと決めて譲ることはなさそうだと誰もが思っていた。

そのうえ貫一の両親は私のことをよく思っていない様子だった。彼らにとって私は、我が息子の帰還を疑い、その死を暴きに来た死神のようなものなのかもしれなかった。

もともとそれほどお喋り(しゃべ)な人間ではなかったと聞くが、復員後の貫一は以前にも増して大変に無口であったようだ。朗らかで人好きのする、聞き上手であった出征前の貫一とよく酒を酌み交わしていた榎田からすれば、言葉どおり「人が変わってしまった」と感じられたという。

「まあそれにしたって、向こうの親御さんからしちゃ、あんまりな仕打ちを受けてこんななっちまったんだとでも言うんでしょうけれど。それにしたってあの変わりようは酷(ひど)い」

やれ向こうはどうだったかと聞いてみても、そういう話が嫌ならと、やれ昔の話をしてみても、むっつり黙りこんで酒をちびちびやっているばかり。こんな状況では、ボロが出ないように黙っているんじゃないかとうたぐられるのも無理はないのだろう。

　榎田は私にひとつの仮説を話して聞かせてきた。おそらく今の貫一は、戦地で以前の貫一に会った男だ。絵の腕に覚えがあり、にもかかわらず様々な理由で報われず、その才能を認められていなかった男だろう。彼は戦地でそこそこ名前の知れた画家である貫一に偶然出会い、しかもその時に貫一の身に不穏な、しかし戦地では非常にありふれたなんらかの事故が起こった。そのため貫一の名を騙れば自分も戦後、画家として生きていけると下心を出したのにちがいない、と。

「都合のよいことに、今の彼はね、まず絵が達者だ。以前の平泉と同じくらい——いや、以前の平泉の絵と比べてもまったく遜色なく仕上げることができる、ということを考えると、あるいは平泉より彼のほうがむしろ技術があるのかもわからんね」

　榎田が言うには、復員してきた男は出征前の貫一をなんらかの形で知っている、たとえば同門の知人、あるいはすくなくとも美術協会の展覧会や公募展などを熱心に見て、なおかつ自分でも作品を応募していた者なのではないか。

「私は職業柄そういった名簿を多少は調べることができるので、いくらでも提供いたします。とにかく、あんな証書なんか、泥ン中で誰が死んだかどうかもわからん中を生き延びた奴らとしちゃあ、どうにでもなるんです。しかも平泉はもともと——」

　そこで、榎田はまた、ふっつりと黙った。

続いて榎田は、貫一が姿をくらましてしまったことに限って言うと、調査を厳密にしなくてもよいという条件も添えた。彼は貫一が別人になって帰ってきてしまった、その自分自身の持つ疑惑についてのみ、私に調査をしてもらいたいらしいのだった。現在は当の男も姿をくらましてはいるが、本物、あるいは偽物の貫一が見つかることがあればそれはそれでありがたいが、依頼の絶対条件とはしないという。

ここまでの話を聞いていて、私には、榎田はタエに想いを寄せているのではないかという考えが浮かんでいた。初めは邪想とも思えるほどのかすかな疑惑だったが、榎田の事あるごとに言う、タエさんが気の毒だ、とか、タエさんのために、だとかの言葉が積みあげられるのを聞くにつけ、榎田の考えがありありとわかった。榎田はわかりやすく今の貫一を嫌悪している。貫一の生存という事実をタエから離したいという気持ちが、私にこの調査を持ちかけさせたのだろう。

最後、おまけといったように榎田は実に苦々しげに言った。

「しかもね、彼には妾がおるんです」

しかしこれに関しては、ことさら珍しいことでもないように思えた。画家や小説家の類にはそんな話がつきものだし、私の仕事柄、そういった調査をすることもないではない。貫一とタエは十歳を超える年の差があった。だから私としては、心が滅入る事象とはいえ、榎田がことさらこのことを告発めいて言ってくることのほうに違和感こそあれ、このことを以て私が貫一の存在自体を糾弾しなければという意志を固める必要もなさそうだった。

「その、お妾さんは復員後に？」

と私がたずねるのに、榎田は深刻そうに答える。

「いや、それは出征前から続いている年増の女です」

だとしたらなおさら、貫一が戦前のままの本物であろうが偽物であろうが、貫一に妾がいることに変わりはないわけだし、妾がいることを非難したところで榎田のもとにタエが来るとも思えない。ただ榎田にそのことを指摘するつもりはなかった。私としては貫一が戦前と同一人物なのかを調べることのみに集中すればよいというわけだ。

私は、榎田の持ちかけてきた調査の依頼を受けた。

今のところ、貫一を偽物だと断罪するに足る証拠はなにひとつない。たとえ榎田が言うように、前から貫一を知る男が戦地で入れ替わったとしたって、多少なりとも髪形やちょっとした肉付きなどを似せることは、そこまで難しいことでもないだろう。以前の貫一を知っていたならなおさら、さすがにここまでちがう風貌にして戻ってくるということはなさそうだ。それにどう言い募ったところで、貫一は正々堂々、証明書を携えて帰ってきたのである。

荏原のほうはとくに空襲がひどかった。さいわい戦火を逃れた区画であっても、アトリエ・ヴェルデ以上に迫力のある、古く汚れたバラックが多い。特にそこはもともと下町のうちでも一層古い地域だった。外観を見ただけで、住まいにのり込むことに気が引けるほどだった。

呼び出した喫茶店でまず、なにか酒はないかとたずね、似非のブランデーめいたものを私の目の前で舐めているのは金城クマという女だった。カラメルで色をつけただけのただのアルコール液を夢中で摂取しているクマは、私が思い描いていた芸術家の妾、という言葉からの印象とはかなりちがった風貌をしている。いくら貫一が若いころ、戦前からのなじみだといっても、見る限り貫一よりひと回りほど、タエから見たら二十以上も年かさで、タエの母親くらいの年齢に見える。たしかに派手な身なりの、美人と言っていい顔立ちではあるが、それにしても肉付きのよい体をだるそうに動かしている様子は、名前どおり熊のように見えた。

貫一のことをたずねると、クマはすこしの間考えてああ、と声を漏らし、

「あの人のことを調べていらっしゃるかたがいるとか聞きましたが。それがあなたさんでしたか」

タエが貫一のことを『平泉』、というのに対して、クマが『あの人』というのが、私は面白くなかった。その言いかたはまったく馴れ馴れしいようでいて、その実、完全に

よそ事といったような態度に見えた。

「復員した彼が姿を消す前、最後に会ったのはいつでしたか」

私の問いかけに、クマはほんのわずか心を動揺させたように見えた。どうやら貫一が姿をくらましていることすら、彼女は知らなかったようだ。でもすぐにまた、さっきよりいっそうふてぶてしい表情になって、

「はあ、はあ、私が匿っているとでもお思いでしたか」

と答えた。取材をしていると、たまに、おまえより自分のほうがいろいろわかっているのだ、という言いかたをする人に出会うことがある。取材をしているのだから知らないことを伺いに行くのは当然のことなのだが、単に私のような人間が記者をしているのに違和感を抱く人も多いのだろう。自分より事情を知らなそうに見える人間が、わけ知り顔で取材をしてくるのに引っかかるのも仕方がないことかもしれなかった。私はそういうとき、尊大になりすぎぬよう、また決して下に見られて馬鹿にされ、軽んじられぬよう注意深く平穏な態度をとるようつとめた。

クマは一度鼻の根で不遜に笑って、

「私が世話をしているのはなにも、あの人だけじゃあないんでさ。私がかかりっきりにしてあげられないのは、あの人だってわきまえているでしょう」

と言う。

クマは長く女給を勤めてからのち、しばらく自分の店を出していた縁であらゆる世界に顔が広く、戦前から方々の人脈で貫一にいろんな絵の注文を回していたようだ。この時勢ではあるから表も裏もありはしないが、それでも表立っては依頼できないような比較的きな臭い方面から仕事を持ちかけてくることが多かったらしく、そのことも、彼の家族を気にかける榎田のほうからすれば面白くないようだった。クマというのは毒婦だ、情に訴えて平泉が断りにくいのをいいことに、次々と汚い仕事をよこしてくる、とこぼしていたのを思い出す。

いっぽうクマのほうでは、すくなくとも表面上は貫一のことにあまり執着していないようふるまっていた。彼女にとって貫一は才能に溢れた男ではあるものの、それ以上彼に対して強い感情があるようには感じられない。どちらかというとクマ自身は貫一の才能を伸ばす監督者であるような気持ちでいたのだろう。それすらも、榎田にとっては腹立たしかったのかもしれないが。

とはいえ、クマと貫一のただならぬ関係も戦前から変わらぬものであって、私が調べねばならない『貫一が別人であるかどうか』にはさほど関係がないように思えた。

「こちらは今、別に彼を探しているのではないんです」

という私を、クマは妙な生き物を見るようにしてねめつける。私は続ける。

「また彼の倫理的な不良や、悪事を暴き立てるつもりもありません」

「じゃあなんの用で来たってのさ」

「私の頼まれたのは、彼が戦争の前と後でまったく変わってしまったこと、戦争中に、どういうふうにすり替わったか、またはどう別人のようになってしまったかについて調べることです」

はあん、とクマは太い声を漏らし、店主にもう一杯アルコール液を所望してから、

「あの人が変わっちまったって騒いでるやつらがいるってのは知っちゃいますが、「あれ」で変わらなかった人間が、日本にいるんですかねえ」

と、クマは私をぞっとさせるような意地のわるい声を漏らして笑い、

「日本人の全員の精神が一度、大きい力で一個のぐちゃぐちゃにされてから玉砕してさ、そのあとまぜっかえされてまたバラバラの人間にされたのさ、なにが変わっただのなんだのと言っちゃいられないよね。頭数さえ合ってりゃまだましなほうでさ、あなたさんもそう思わない？」

とうわごとみたいに一気に告げてきてから、そのまま卓に突っ伏し、それきり眠ったようになってしまった。

「私はねえ、榎田さんとは見解を別にしているんです。あの人はまちがいない、平泉くんです」

と話すのは画廊主の勝俣だった。勝俣はまだ貫一が画学生の時に、美術協会へ出品をし始めた当初からその才能を見抜き、個展の世話などをしていた男だった。短く刈り込まれた髪はいくぶん白髪交じり、背は低めだが筋肉質で、榎田に比べれば多少は誠実に見える男であったが、それは彼自身が復員後の貫一の擁護派ともいうべき主張をしているところが大きいのだろうと思われる。調査をしている私からの視点で考えると、榎田は調査を依頼する程度には今の貫一が別人であるという疑惑を抱いており、いっぽうで勝俣は今の貫一が以前と同一人物であると信じている側だ。そのことが、彼の印象を和らげているのだ。おそらくは勝俣も貫一の両親同様、榎田が私のような人間を調査によこしていることを多少はよく思っていないだろうという予想ができたが、にもかかわらず彼は私に対してこういった誠実な態度で話に応じてくれている。その点についても私は彼に好印象を抱いた。

「彼の風貌の変化に関しては……なんとお答えしていいのか、わかりません」

その言いよどむのを聞くだけでも、勝俣がその点に関して論じる限り、貫一をうたぐるに値する状況であると考えていることがわかる。ただそのあと彼はすぐに自身の疑念を打ち消すように、

「しかし、あの復員後の作品群を見れば、彼が平泉くんにちがいないとはっきりわかるはずです」

ときっぱりつけ加えた。

貫一は復員後すぐ、まず戦火を逃れたアトリエの空き部屋で仕上がっていなかった作品を完成させる作業に取りかかった。戦後で物資は手に入りづらく、さらに画材などというぜいたく品とあってはなおさらだったため、勝俣は貫一のためにひたすら物資の手配に奔走することになる。場合によっては、アトリエに残るまだ復員しない画家の画材を拝借することもあった。

帰ってきた貫一は、出征前よりいっそう制作に没頭した。これは彼に限らずよくある話だった。戦後みんな必死になにかを取り戻すかのように働き、遊び、学んでいた。それがたまたま、貫一においては作品の制作だったということだろう。

アトリエに戻ってきた時に貫一は、制作途上であった作品をすべて、下地の薄色しか塗っていないものでさえ、これはどこそこの風景を描くための、つまりどんな状態で作業中のものだと言い、そのとおりにまったく平泉貫一作品に仕上げて見せた。

そうしてアトリエに残っていた作品の状況、いつも使っている種類の絵具、描きかけの作品にどんな追加の素材が必要かなど非常に詳しく把握していただけでなく、誰よりも画家、平泉貫一作品の詳細を覚えていた。構図、色彩、どのような絵をどのくらいの大きさで、何日で仕上げ、どのような人に依頼され、どのくらいの価格がついているのか。この作品の下絵はこの画帳にあり、この絵はここまで仕上がっている。それらすべてを知り尽くした作業の厳密さは貫一の作品の一番深い理解者である勝俣でさえかなわなかった。要するに貫一本人でなければ、これらすべては把握できようがなかったのだ。

さらに勝俣にとって彼が貫一本人と信じるに足る最大の根拠となったのは、それら作品についての意識や描写の技術だけではなかった。なによりも、貫一の作品内に入る署名がまちがいなく彼本人のものだったからだ。作品鑑定は彼の出征前には特段の需要もなかったためおこなっていなかったが、もし必要があればそれをするべき人物はまず勝俣であろう。勝俣は協会の目録に当たっても、自身の知識を総動員しても、彼が復員後に描いた絵と署名はまちがいなく平泉貫一本人のものだと断言した。

「まあ、かりに榎田さんの言うように、彼が詐欺だのなりすましだのを働こうとしていたのだとしましょう。これらが戦地で平泉くんから聞いた、あるいは盗み聞きをしたものだったとしたって、平泉くんが果たしてここまで微に入り細を穿って自分の作品のことや、アトリエの様子を話して聞かせるでしょうか。戦火の中、どんなに信頼を寄せて語り合ったとしたって」

貫一は、自身でさえ忘れてしまいそうなことを、まるでアトリエに帰ってきて思い出したようにして、道具の場所やまわりの建物、近所の店の構え、画廊への道順などもそのままそっくり頭の中から取り出してみせたという。

勝俣は自信に満ちた声で言いきる。

「とにかく私は、日本では平泉作品の第一の鑑定者であり、現在の彼の描いた作品に関しても、まちがいなく平泉貫一のものだと、自信を持ってそう鑑定するところです」

呼び立てたホテルのロビーにおいて部隊長の佐野周五郎は、平泉貫一とされるA、B二枚の画質の悪い写真を並べて見せると、うむ、と小さく唸ったきり、それらに見入って黙りこんでしまった。

「このくらいの、あまり運動も得意でない、体の弱い者が多くいた部隊でした」

と言い訳めいたことを言ってからまたしばらく黙り、

「どちらとも近いようでもあり、また、どちらとも別人のようでもあり」

と言ってさらにまた黙る。無理もなかった。貫一はこの隊ではほとんどなにもせずに体を壊し、早いうちに姿を消している。理由は彼が治療を受けたのち、戻ることなくそのまま別の部隊に異動したためで、佐野が彼の外見にあまり見覚えがないのも当然のことだった。

佐野の部隊は人数がすくないわけではなく、それでいて精鋭の多い強壮な部隊というわけでもなかった。

終戦間際の兵員不足を受けて、当時基本的には十九歳の男性全員を対象とした検査がおこなわれ、そうして丙種合格までも召集がかかった。先輩の兵卒は自然、甲種合格者のため体が大きい、力強い者が多かったという。彼ら甲種合格の兵卒から見れば、自分たちが経験してきた訓練を新兵に課しても、当然同じようにはできない。おそらく、ひ弱な新兵が入ってくるたび日本の現状を不安に思い、こんな力のない臆病者をなぜ自分が育てなければならないのかと焦り、時に苛立(いらだ)つのも無理からぬことだっただろう。初年兵の教育が主な目的である場では、数年目の兵卒が新兵の教育をするが、そのしごきはほとんど虐待とも呼ばれるほどのことがままおこなわれた。終戦間際、若く未熟な者たちによって構成された未熟な組織は、あらゆる場所に存在していたのだろう。体の弱い新兵卒は、厳しい訓練に逃げようとする者、体調を崩す者が多かったという。

　佐野の証言よりさらに曖昧だったのは、軍医、加藤卓(かとうすぐる)の記憶であった。診療時間を過ぎた待合室に出てきてくれた加藤は、私が顔の前まで掲げたAとBの写真の、どちらにも見覚えがあり、またどちらと断定もできないばかりか、平泉貫一という男はAとBの中間のような、いやひょっとしたらこのどちらでもなかったのではないかとまで言いだした。

「だいいち、私の元に連れて来られるのは戦地でけがをしたり、衛生的にまずい場所で流行病(はやりやまい)にかかったりというような、まあだいたいが真っ青で、笑顔もないような苦悶(くもん)の顔をした男ばかりですので。平素の顔でさえない、気どった表情の写真を見せられましても」

と、困惑を口に含んで漏らすようにして笑う。

肺病病みというのはひどい顔色になり、また喉をやられるので食が細って頬も削げる。そのため大抵の人間はこのA、Bどちらの顔よりも妙な、でも誰も似たような顔になるという。戦地で人間を診ることに慣れてくると、顔つきでどんな種類の病気にかかったのかがわかるらしい。斑点が出ていればあの皮膚病、眉が抜けていたらあの感染症、というように。自然、同じ病気で床についている兵士のいる部屋は、多くの人が判で押したように同じ顔で苦しんでいる光景が見られた。

体の不調は人間の一番目につく場所、つまり顔に現れる、白、あるいは青、また赤色となった顔が、ほかの者に危険を知らせるのは集団生活の中で役に立つ自然なことなのだろう。たとえ専門的な医療の知識をほとんど持っていなかったとしても、同じような風貌をしたものを集めておけば感染症を広げないで済むというのは理屈が通る。こうした判断が身につくことは、人類のうまくした進化なのかもしれない。

似たような顔をした人間がごろごろいる病室で、その病人に交ざり溶け込みながら、貫一はどんな気持ちで体を横たえ、苦しんでいたのだろう。

貫一が元の隊に戻るのは厳しいようだったし、それは彼自身も望むところではなかっただろう。戻ったところで、体の弱い者が強い者に打ちのめされることが当然のこととしてのさばっている世界が待つだけだった。

貫一はさいわいなことに、深刻な症状にはならずに済んだらしい。その後寛解、別の隊に入る。そのことについてだけは加藤もよく覚えているという。

「お世辞にも体が強いと言えなかった者は大勢おりましたものですから。私の経験上、こういった状況で彼のような男が病にかかった場合は大抵が除隊処分で帰されるようになっていました。彼自身もそれを期待していたんじゃないでしょうか。そのころちょうど軍隊のほうでも、食糧、医療用品の類も不足しはじめておりましたし」

貫一はもともと画家であるということ以外の特殊な技術や能力を持ち合わせていなかった。従軍画家になれない以上、彼の立場になって考えるなら、いや国の側で考えてみても、さっさと帰国して、再び制作に取り組む日々を送るほうがよっぽど世のためになると考えるのは自然なことだろう。

だのに、なぜこの時点で彼は隊を異動となるに至ったのか。そうして彼にはどのような仕事が課せられたのか。

本来は彼がその間のどこで変わってしまったのかだけに注目し、探るべきだ。そう理解してはいるものの、私はそのことについての好奇心を押し殺すのに難儀した。

「あの時、彼が来て半月とたっておりませんでした。小野寺分隊長と、また別の誰か――おそらくその補佐のかた、ふたり連れでいらっしゃって、まあ見舞いと称してなにか別の思惑があった可能性は高いと思います。感染の懸念がなくなったのを見計らった、今思えば、狙いすましたような時期でしたし」

しかも、その小野寺とともに連れ立ってきた男というのが、貫一と昔からの知り合いのように親しげにふるまっていたというので、それが気にかかり加藤の記憶に残っていたのだと言う。

「はて誰だったか、印象に残っているのに覚えていないということは、ひょっとしたら名乗られなかったんじゃないでしょうか」

貫一と互いに見知った仲だったその男は、細身で若く見えたものの決して位の低い軍人ではなく、立ち居振る舞いからすると、むしろ分隊長の小野寺よりも上の地位であるようにも見えたらしい。

貫一の体調が安定したあと、彼らは貫一を連れていってしまった。聞くところによると貫一は手の足りない部隊があるというのと、特殊技能の腕を買われたこともあって、そこに異動になったようだ。

「それが本当なのかどうかは、ちょっとわかりません。よくあることとは言いがたかったのは確かですが、きくとそこまで体力の必要でない部隊だというもので、私のほうも、そういうこともあるのだろう、くらいに考えたわけでして」

なるほど、と私がつぶやくと、彼は私の思案深げな様子を不満と感じとったのか、申しひらきでもするふうに早口で言った。

「私のところには、今でも、たまにこういった尋ね人の話が舞いこんでくるんです。私の良人が、あるいは息子が戦地で行方知れずなんですが、なにか、どのようなことでもわからないでしょうか、と。国からの情報もあてにならん、とその人たちは思っているんでしょう。私はなるたけお話ししてあげたいと思っているんですが、なにぶん記録は私の元には残っておりませんから、記憶だけでお話しするようになります。それに先ほども申し上げたように当時私のところへは毎日多くの人が、けが人や病人で入って来ていた。たとえ顔をつぶされているようなことがなかったとしても、気どった肖像写真のような顔をしているものは誰ひとりいないんです」

加藤は頭を下げて、診療所を去る私を見送ってくれていた。

私は、加藤の元を訪れる人々のことを思う。彼ら彼女らは、大事な人の、美しく撮られた写真を懐に抱いてやってくる。万が一でもその人間が生きていやしないかとたずねに来るのだ。加藤医師にとっては私もその人々のうちのひとりと同じなのだろう。ただ、私が持っているのは二枚の写真で、私はその男には実際会ったこともなく、また私はその男の行方を探しているわけでさえもないのだった。

分隊長とされていた小野寺から話を聞くのには、かなりの長い、慎重な時間と注意深いやり取りを要した。私はあらゆる仕事上のつながりを探り、また歩き回って調べ、小野寺から話を聞くことができるようにつとめた。

ここまで力を割いて、いったい私は貫一のなにを調べているのだろう、と自分でもわからなくなってくる。それほど、小野寺に取材をとりつけるまでの一切のやりとりは骨が折れることの連続だった。

結局、小野寺が私と話をするため東京に出てきたのも、私というひとりの記者がどこまで知っているのか、なにを探ろうとして、それをどうにかして公表でもされはしないかと彼が考えていたからだろう。彼の所属していた部隊がとても特殊だったことがそうさせたのだ。小野寺の態度には、そういった不安が見て取れた。彼はおそらく、その任務につくために一番必要な、臆病さと神経の細さに満ちた人物であった。それだけ彼は、深刻な強迫観念にも似た心細さにとらわれているようだった。私になにを糾弾されてしまうのか、もうこれ以上詮索するのはやめてほしいと懇願でもする気持ちではるばる電車に乗ってきたのだ。

私は彼に安心してほしかった。そのため今までの取材でさんざん表明してきた、

「こちらとしては軍のかたが平泉貫一にどのような仕事をさせていたかについては、いっこうに興味がありません」

という考えを伝えると、小野寺は、ハアという腑抜（ふぬ）けた声を漏らし、驚きに安堵（あんど）が交

じってもいるような、混乱した表情をした。その次に、ならなぜこんなふうに探っているのだ、といういぶかしさを新たに心の中に生んでいる。無理もなかった。なにより私自身が一番、こんなことにいったいなんの意味があるのかと疑問に思っている。

まあ、どちらにしても彼の作業についてあまり細かなことをお教えするわけにはまいりませんが、というありていな前置きをしてから小野寺は、貫一のことについて探り探り、おびえながら話した。

「平泉氏は、我々の携わる作戦においてはまったく、これ以上ないくらいに適格者のようでした。平泉氏の力を借りたいと進言したのは、木ノ内（きのうち）氏です」

小野寺の分隊において、どうやら実質の作業の指揮はほとんど分隊長補佐の木ノ内という男が執っていたらしい。軍医の加藤が覚えていたという、貫一を訪れた小野寺のほかのもうひとりの男。その男が木ノ内でまちがいはなかった。あの日、貫一と面談をおこなったのは木ノ内であり、小野寺はその場に同行はしたものの、面会に同席はせず、貫一が部隊内でついていた任務についても、小野寺はほとんど木ノ内にまかせっきりだったという。

「ですから私は、平泉氏の見た目について、詳しいことは本当にわからんのです」

「面会はともかく、彼は部隊に入ったんでしょうから、顔くらいご覧になっているのではないんですか」

と私が言うと、小野寺はまたすくんだようになり口を閉ざしてしまう。失敗だった。

木ノ内は、かつて陸軍主催の公募展において貫一の絵が金賞をとった縁で知り合ったらしい。木ノ内は、平泉くんをぜひこの部隊に、とことあるごとに希望していたという。

「だから私は、平泉氏についてなにもお答えできないのです。この写真も、どちらかというとこちらかもしれない、という程度で」

と、現在の貫一の写真を指差しながらも、その指先は自信なげに揺らめいていた。

「彼の外見について、私の記憶ではほとんどお役には立てないかと思います。それに木ノ内氏は、もう、こちらからでは連絡がつきません。どこに暮らしているのかもわからぬのです。それでも知り合いをたどって、連絡が取れるならこの度のことについて伝言を打診してはみますが」

とだけ言い残して、結局、小野寺は貫一の携わっていた特殊任務について、要は小野寺の隊が担っていた国のたくらみについて明確なことは一切話すことなく東京を後にした。それに関しては私にとってもなんら問題はなかったが、困ったのは木ノ内の行方が小野寺でさえも一切知りえない情報だということだった。

私は加藤と小野寺の言葉を思い起こし、貫一の当時の仕事についていろいろと考えを巡らせていた。その時おそらく貫一は、嘱託画家になれるかもしれないという希望を抱いたと思われる。あの時期は従軍をする嘱託画家の需要が一番高かったころで、木ノ内には貫一の技術が優れていることを知られていた。自分に名指しで面会をしに来てくれるというのは、つまり従軍画家としての自分の資質を見極めに来たのだと考えるのも自然なことだっただろう。貫一は出征前にも何度か新聞社で募集のあった従軍の嘱託画家に応募し選に漏れていたので、これはむしろ願ってもない、ありがたい機会だと考えたのではないだろうか。

しかし具体的には、この部隊での貫一の仕事が従軍画家のそれでなかったことは明らかだった。榎田や勝俣にたずねても、貫一はこの隊にいた時期に、平泉の名前が冠された戦争画の作品を世に出してはいないという。

貫一がその技術を買われながら画家ではない仕事についていたとすると、その仕事はどのようなものだったのだろうか。戦争中の仕事ではあるから、なににしても相手になんらかの損害を与える仕事。内容を明らかにしてはいけないもの、隠密裏におこなわなければならない、彼でないとなしえない仕事。

貫一は復員してしばらくの間、非常に精力的に創作活動をしていたにもかかわらず、そののちアトリエにも家族の前にも姿を見せなくなった。現在もなお、家族にはもちろん、周囲の人間にも、話をきく限りは妾のクマにも連絡をよこしていない。

しかし彼の失踪について、現状でおおごとと考えている者はいなかった。みな失踪と考えてすらいないように思える。どうやら彼には出征前から多少の放浪癖があり、また復員後も普段から作品の制作にあたって数日以上、長い時は丸々ひと月ほどまで行方も告げずどこかへ行くことがあったらしい。今彼がどこかに姿をくらましているのもそのうちのひとつみたいなものだと、家族だけでなく周囲の者もそう考えているらしかった。おおかたどこかの名勝で絵でも描いて過ごしているんでしょう。とタエもけろりと言ってのける。ただ、そののち、

「そういえば、思い出しました。あれは戦争から帰ってきてひと月と経っていなかったでしょう。何日か戻らずにいると思ったらふらりと帰ってきて、ずいぶんな額のお金をよこしてきたことがあったんです。私、そんな額のお金なんて見たことがなかったものですから、もう、びっくりしてしまって、たずねたんですけど、平泉には答えてもらえませんでした。あ、でも普段はどこからのお金かは、平泉のほうから聞かしてくれるんです。たいていは勝俣さんの画廊で花の絵が売れただとか、榎田さんのご紹介で竜の屛風を一双描いただとかいうことでお金を持ってくるんですけれど、どうせわたくしが平泉の仕事の中身なんてよくわかりませんから、聞き流していたんです。だって、考えてもみてくださいな。彼のような絵しか描けないような人が謀れる悪だくみなんていってたかが知れているでしょう。人さまを傷つけたり、ましてや……」

ここまで言ってタエは口をつぐんで、視線を落として微笑んだ。どうせ平泉には人な

んて殺せやしないんです。兵隊にだって、本当に行っていたんだか、とでも言いたげな笑顔だった。ただ、タエの知っている貫一は榎田の言う偽物なのだが。

調査を持ちこんできた当の本人であるにもかかわらず榎田は、私が佐野や加藤、そうして小野寺に話を聞いてきたことを伝えると、

「彼が本物かどうかだけを調べてくれりゃいいと言ったのに」

ということを小声でぐちぐちくり返しながら、その続きについて話すのを相当に渋りはじめた。

私がなにかを調べる頼みを受けるとき、ある一点に関して以外のことは調べてくれるな、芋づる式にいらないことまで知れてしまいそうなら調査を打ち切ったっていいのだ、と理不尽なことを言ってくる依頼者はほかにもいた。だから榎田の心情を理解できなくもなかったが、人がものを調べる際、周辺の情報でなにが不要な要素なのかを、知る前から判断のつく人間など果たしているのだろうか。それに、私がその聞き取りについてことさら報告をしないのも不誠実であろう。

私は榎田に直接そう言った訳ではない。しかし榎田のほうでも話したことについて榎田自身で自らの中の理不尽さや気持ちの悪さとの葛藤に耐えかねたのか、また調査を続けてほしいという気持ちがいっそう強くなったためか、他言や、まして記事にすること

は絶対によしてくれよと念を押して話し始めた。

「平泉は以前から、自分の作品のほかに模写や贋作も描いていたんですよ」

戦前、戦中にそういう商売が流行ったというのは、私も聞いたことがあった。戦後の今も絵という専門的なものに限らず、様々なまがい物の粗悪品を売りつけて糊口をしのぐ者は多い。粗悪であってもそれしか存在しなければ必要に迫られて買う者もいた。貫一の描いたものは戦争画でもなんでもよく売れたらしい。貫一の署名が入ったものだけでなく、名前を入れぬものや、中には別の名前をつけて売ったものもあったという。どさくさで鑑定が甘くても、出せる市場があちこちにあるということは容易に想像がついた。欲しい者がいるのにあらゆる流通がうまくいっていなかったのだから仕方がないと、榎田のような詭弁を振り回す者がいることも。さらに、

「私たちはそういう人たちのためにやっていたっていうところもあるんですよ。もちろん本当によくない仕事はさせなかった。あの年増の妾はどうだったか、わかったもんじゃないがね」

と言い訳まで付け加える。貫一は元々の画才があったのに加え、どんな画風の、どんな作品も実に巧く真似ることができた。さらに彼は、画材画風にこだわらず様々なものを描いた。油絵や水墨画、また巧みな彫刻や書などの工芸まで、真似る対象さえあればなんでも仕上げた。そうして、すでにあるものの真似もよかったが、たとえばこの画家

が仮にこういう絵を描いたらこういった作品になるだろう、というような作品も巧いことそれらしく描いたらしい。貫一は右にあるものを左に写すという贋作の能力だけではなく、該当の画家当人の能力や癖も含んだ作品の魅力を捉えるのに長けていたのだろう。複製とわかっても喜んで金を出す者もいたし、実を言えば、貫一以外の署名が入ったもので鑑定にきちんと通っているものもいくつか存在するという。

貫一の贋作制作は、描き始めれば速いもののその準備にはかなりの時間がかかった。絵具や筆などの画材にこだわるだけでなく、海のそばの画家の作品を制作するのであれば海べりに通いつめたり、猟をよくする画家であれば山にこもって猟をする、といったふうに、元の画家の性格にしつこいほど自分を寄り添わせ、それから自分が納得したところで描きはじめる。外国の物故作家であれば、どんな生活をしていた、どういう性格の作家だったのかを調べてから、この国で再現できる限りの努力をしているさまは、榎田にとっては滑稽さすら感じられるものだったそうだ。

そう考えると、私が行方をくらましている貫一の行き先を調べることを榎田が再三嫌がった意味もわかってきた。戦前から貫一は贋作を描いていたのだから、今の彼がそうでない理由はない。だから今、貫一がどこかに姿をくらましているのも、なにか大きな模倣の準備でもしていて、あるいはもうすでに描き始めている可能性が高いのだろう。

「私がこの依頼の最初からずっと申しあげている薄気味悪さというのはね、帰ってからの平泉を見ていると、もともと目指していた偽物に、彼自身がなってしまったんじゃないかということをどうしても考えてしまうからなんです。そうして彼の本物というのは、はなっから存在などしてなかったんではないのか、と、そんなふうに思ってしまっているんです」

過去の平泉貫一という画家でさえ、彼の本当の姿ではなく、彼が平泉という画家になりきって東京に住み、絵を描いて暮らす。ほかの作家を暮らしから真似ている、そのうちのひとつに過ぎないのではないか。しかし、だとしたら、彼が似せた努力の末の美術品、花の美しさをなんとかして描きとった美術品。本物と偽物の基準のみで人の才や叡智ははかり知れるのだろうか。そうだとすれば、その基準は本人の署名か、または美術品鑑定を受け付ける財団の証明か。

「彼の本物は、ではどこにいるのか、という気持ちになってしまったのです」

榎田はそう言ったきり、むっつり黙ってしまった。

え、ああ、榎田さんがそんな話まで……。と言って、勝俣はしばらく思案する。無理もないことだった。勝俣は平泉の画学生時代からの、いわばマネジャーのようなものであるから、贋作のことを知らないはずはない。むしろ、贋作の仕事を主だって差配していたのが榎田と勝俣であろうことは予想できた。いやあ、参ったなあ、そりゃあ榎田さんもずいぶん本気なんだな、などと小声で言いながら勝俣は話しだす。

「確かに平泉くんは贋作の仕事を、というか……いやあ、戦前のものならともかく、復員後の彼の仕事群を贋作と言ってしまっては、ちょっとばかり気の毒ですよ」

　すくなくとも復員したのち、貫一の名前が入らない作品で勝俣が把握しているのは、ほとんどがはるか昔にこの世から姿を消した作家の作品で、しかもたいして金にもならないものが大半だという。たとえば爆弾で吹き飛んでしまった寺や神社の本尊やらご神体、軸だとか細工鏡、書付、仏像など。ほかにも書画、手紙、古文書、ふすま絵や屏風（びょうぶ）。どれも空襲で焼けてしまったり泥棒にあったりして、写真や適当な書き写しが残っている程度のもの、中には口頭で内容を伝えられる情報のみによって依頼されるものもある。それらわずかな手がかりをもとに、貫一はその実物の模写を、受け取った人たちが恐ろしがるぐらい本物そっくりに仕上げた。依頼者はその実物をこいねがうあまり、本物の面影を強く見てしまうものかもしれない。しかしそれにしたってあれは貫一でなければ成しえない仕事だった。

「あの人たちには偽物だろうが本物だろうが、それが物としてあるのが大事なんです。檀家（だんか）さんや旅館、偉人の生家や資料館の客人がそれを偽物だと思い、知りながら見物する必要がありますか？　ああ、これが憧れの何某（なにがし）の直筆、と考えることにどういう罪があるでしょう。金を払って見たものなのに、賽銭（さいせん）を入れてしまったのにと、詐欺だ、ぺテンだ、イカサマだと文句をつけたところで一体なにになりますか。そんなことを言いだしたら仏舎利も聖骸布も、ありゃあ詐欺みたいなもんですよ」

また、米国の軍関係者がこの戦後の混乱に乗じて、日本の美術品を買いあさりに来たことがあったらしい。勝俣のところに相談を持ちかけてきた自称日本美術とやらに詳しい彼らは、貫一が署名を入れないで描いた江戸や明治、あるいはもっと古い様々な画風の作品を、勝俣が詳細を説明するまでもなくそのほぼすべてを、かなりの金額で買って帰った。それでも彼らからしたら安価に多量の、多様な作品を購入できたので大満足であったという。

いっぽうで、日本の立場からしたらわずかに残されている大切な美術作品が流出するのを守ることができたというわけで、自分たちのたくらみはなにも悪意に満ちたものではなく、まさしく必要悪だったのだ、と勝俣は主張した。

榎田だけでなく勝俣もまた、これが詭弁だというのは重々わかっているのだろう。それでも勝俣は、復員した貫一のことを、贋作も描いていた戦争の前の彼とは別人の偽物であろうが、同一人物であろうが、そこはあまり大きな問題ではなく、今の彼の仕事ぶりは、ないより在ったほうがいくらかでも世の中がましになりうる作品、戦後の世の中に彩色を施す芸術品めいたなにかを作ることができる貴重な人物だと思っているのだった。

「平泉貫一という男が復員してこなければ、今でも東京は煤まみれの灰色で塗りつぶされているばっかりでしょう。本物を手に入れたくたって入らない状態であれば、偽物でも、嘘でもかまわないからと飾りたい人はたくさんいます。私も……そういった気持ちがないとは言いきれんのです」

こんな仕事をしているから当然、彼とて悪質なまがい物を憎み、また自らの所蔵品についても深刻な被害をこうむっている人種であることはまちがいないだろう。

そのせいか勝俣は、私にそうひととおり自説の主張をすると、しょげ返って黙ってしまった。矜持との葛藤や、自己嫌悪のためか。あまりにもその様子が気の毒になったので、私は彼にどのように声をかけたらいいのか迷って、

「人は、まったく同じものがふたつ以上あると、ひとつを本物、残りを偽物と決めないと落ち着かない生き物なのかもしれませんね」

ふと考えて適当に言ったこんな言葉が彼の慰めになるとはとても思えなかった。人間は本物を探し当てたくて、探し当てた自分のことを、本物が見極められる目を持っていると信じたくて、いずれであったとしても、本物の存在を必死に探ろうとする。それは時に最新の科学の力を使ってでも。

ただ、まったく同じもののうちひとつが本物であったとわかったとして、ほかの残りは絶対に偽物なのだろうか？　量産されているものの原型を本物とした場合、そこから

作られたものはすべて偽物なのだろうか？　たとえばかたどりをした原型がまったくの用をなさない張りぼてだという場合は？　その場合はできあがったいくつもの形作られた細工たちのほうが本物なのではないのだろうか。本物が消え去って、あるいはそれぞれに部分的な本物があり、それの寄せ集めが完成品だとして、その本物という性質はどこに存在するのだろうか。多色刷りの版画の版木もまた、色ごとに分けられたひとつずつは単体ではなんの絵なのかさえわからない。大量に刷られた版画のほうが美しい本物だとしたら、版木はその材料でしかないとしたら。女性の美しさをうたった詩は偽物で、美しい女性だけが本物なのだろうか。それとも女性は美しい詩を作るための材料にすぎないのだろうか。

木ノ内からの連絡が来たのは、調査を始めてからずいぶんと経った日のことだったが、そのころになってもまだ貫一は姿をくらましたままだった。

私はあいかわらず、あらゆる方法を使って貫一の周囲を探り続けていた。時おり、問題の貫一本人が行方知れずなのはそっちのけで、周囲にいた人ばかりを探して回っている自分のことを滑稽に感じることもあったが、戦争に行ってから戻ってくるまでの貫一のグラデーションの中で、どこに彼の重要な変化があったのかを探るためには、周囲の人間の話を聞くのがたいへんに重要なことだと考えて、私はこの行為を半ば信仰のように続けていた。

ただ一方で私は国の政策や機密情報、作戦に関してはもちろん、軍事裁判などに関しても興味がないわけではないものの、やはり求める真理は貫一が戦前と戦後で同一人物であるか否かということだけに収束していくものだった。それ以外の、いわゆる軍事的な作戦の詳細について、それ以上を掘り下げる必要はない、私にとってなにより大切なのは彼の姿を写し取るまわりの調査に取り組むことだ、という思いはこの調査が進めば進むほど決心のように固まっていった。一時はあった好奇心も、今となってはそれ以上の詮索をしても意味のないことだとしぼんでいった。そういった大きな物語は、きっと私以外の――たとえば今もなお力強い名文を書き続ける先達が多く書き残している。私がその書き写しをしても仕方がないのだ。

結局、その一見諦念めいた、でも私の中では決意にも似た意思がどこかしらで通じたことによって、彼が連絡をつけてきてくれたのかもしれない。連絡が一旦取れてみたら、そこからはあっけないほどあっさりと、木ノ内と私が話をする機会のほんの細い隙間が明るく開かれた。

新宿から結構な長い時間、電車に乗って郊外に向かう。たどり着いた大学の研究室は復員学生の学ぶ場所だった。どこの学校も、戦中には理工系の拡充を急いで進めていた。その態勢からの揺り戻しで、いくつかの学校は人文や芸術系の受け入れを積極的におこなっていた。教える人も学ぶ人も足りない状況だと聞く。私とて、すこしでも生まれた時期がずれ、また家庭環境や性別がちがっていたらこんなふうに調べものなどできるような暮らしはしていなかったかもしれない。ただ、私の人生がうまく転がっているのか、実はもっとうまくいくはずだったのかはわからない。

　研究室にいた彼は、久しぶりの来客だと喜んで私を迎え入れてくれた。

「今だと、米軍の力が日本国内で一番及び難（にく）いのがこういう場所なのかもしれないですよね」

　彫刻作品の立ち並ぶ中で木ノ内は、まるでその中の少年像めいた風貌をしていた。復学をしているくらいだから当然ではあるが、木ノ内というのは、かなり若く、幼くさえ見える姿だったことに私は驚く。

　今までいったいなにが邪魔をしていたために会えなかったのかと思えるほどに、木ノ内は私に対して実に屈託なく様々なことを話してくれた。

　木ノ内はまったく秘密主義めいた人物ではなかった。むしろその軽薄な性格ゆえ、まわりからことさら神経質に監視をされ守られていたと言うほうが実際のところだったのかもしれない。そう考えると小野寺も、木ノ内の奔放な性格に振り回されていたうちのひとりだったようにも考えられ、なんとなく同情させられてしまうところもあった。

　木ノ内は私を、研究室の中にある、さっきまで自分が座っていたらしき小さなソファに座らせた。そうして自分は向かいに木組みの椅子を運び、そこに座った。ふたりの間にある小さなテーブルの上には、落書きじみたメモが散らばっていた。図形や、おそらくは様々な国の文字。ひょっとしたらものすごく大切なことが書き留められているのかもしれないが、私はどれひとつの断片からも、意味のある情報が読み取れなかった。彼は今、どういった研究をしているのだろう。

「いやあ、貫一くんは非常に面白い人でしたね。懐かしいなあ」

木ノ内は当時から、貫一が軍の展覧会で賞を獲得していることは当然ながら、いくつかの非常に巧みな贋作の作者だったということも把握していた。

貫一はとても器用なだけでなく自分の興味を持ったことには好奇心が大変に強かったいっぽうで、興味を持ったもの以外の、ややこしい裏事情にはいっこうに頓着しないようなところも持ち合わせていたらしい。貫一の性格のあらゆる長所、短所が木ノ内、またはは小野寺のような、複雑な仕事を管理する人間の都合に合ったのだろう。

「これは彼のほうにもあまりよくない評判になってしまうんではないかなあ、まあ、あまり具体的なことはよしときますが」

と言いながらも木ノ内は、そのころの思い出を楽しそうに、まるで子どものころの遠足の話みたいにするすると語った。結局、木ノ内の中で貫一のすばらしいところというのが、その作戦や任務の説明を抜きにしては語れなかったのだろう。

私のこの一連の、貫一に関する聞き取りの中で、こんなふうに陽気に、あけすけに話す人間はいなかった。ある者は怯え、私に騙されてでもいるのでは、ペテンにかけられているのでは、または自分の罪を暴かれるのではとうたぐり深く私に接していた。

木ノ内は本当に心から、恐ろしいほどに天真爛漫な性格なのか、またはあまりの後ろ暗さゆえ、こんな辺鄙な場所に幽閉されて明るく語らざるを得ない状況であるのかはわからなかったが、とにかくたいへんに、しらじらしいほどはしゃぎながら、このことについて語った。

木ノ内が貫一に頼んだ仕事は、偽造だった。

まずはじめに手がけたものは書類。諜報員が相手国に入る際に必要な、相手の国が公に発行している入国許可証をそっくり真似て、それらしく作る作業だったという。もちろん貫一の手によって仕上がったものはたいへんに巧みなもので、時に相手の国の本物よりきれいすぎると思わせるくらいの造りだった。

私は木ノ内がさも楽しげに語るその話を聞きながら、貫一の復員時の、正真正銘そろっていたという各種書類のことを思い出していた。このようなことが実際おこなわれていたとなると、貫一を貫一たらしめているそれらの紙切れが彼自身の手によるものである可能性は充分に考えられる。ただこの場合、木ノ内の元に来た時点での貫一が榎田が言うところの偽物であるという前提にはなるが。

貫一は各国の印刷物、報道資料やプロパガンダのビラなど、相手の国の本営発表に似せたそっくりのものを作った。たとえば投降を促すものや、時には有名な人物の直筆を模した手紙。相手の国の元首の肖像画、またその国の画家の名品と呼ばれる絵画を模写した。中にはそういったものの中に、あらかじめ決められた、恐ろしく巧妙な情報を混ぜこむこともあったらしい。

　木ノ内は具体的なその作戦内容までは語らなかった。教わったところでどうせのこと、私はこのテーブルの上のメモと同じく、なにひとつ理解することはできないだろう。ただ、それがなにに使われるのか、ほんのすこしでも想像を巡らせれば不穏なたくらみがいくつでも思い当たりそうなことではある。なぜこの偽物が必要なのか、これを使って相手にひどいことをおこなう可能性は。当時の貫一がそれらの使われる先に思いをはせていたかはわからない。彼はただ、右にあるものをそっくり左にかき写せと言われ、その指令に夢中になって従っていただけなのだろう。それは科学者が兵器を、その使い手や使い道を想像せずに開発するということと、貫一の中では同じようなものだったのかもしれない。私の思案を察したのか木ノ内は、

「別にね、なにも騙してお金をかすめ取ろうとか、人を殺(あや)めようってわけじゃあなかったんです。なんと言うか、あくまで相手の国内を混乱させるためのもの、と言うか。ですから、なんならすぐばれたっていい。要は不安がらせる、恐ろしがらせることができ

ればいいんですよ」

　と、悪びれる様子を一切見せることなく言う。

「子どもなんかでも、相手の話すことをオウム返しにしたり、描いている絵の真似をされると、しまいには不安になって泣き出すものなんです。証書類、切手、なじみのある絵画をそっくりに作られる、国の文化や政治にかかわるものを、丸ごと真似されているというのは、される側からしたら非常に不安で、恐ろしいんです。真似をされると、相手に自分の考えや行動、あらゆるところを把握されているという不安が増すのですね、僕たちがやっていたのはそういうことなんです。だから急がず、どんなに手がかかってもいいからすばらしいものを作っていただきたい、というのがこちらからの指令、というかお願いでした。その意味で貫一くんは、たぶんいちばんこの任務に向いていたと思いますね。ひょっとしたら僕みたいなお喋りよりもうんと適格だったのかもしれないな」

　部隊にいたのは数人、せいぜい五人ほどで、しかも個人での作業や機密事項が多かったため、それぞれのことはほとんど知りえなかった。それはこの任務の作業の特殊性によるところが大きかった。

「貫一くんは最初、従軍画家になりたいと考えていたらしいですね。ただ僕の個人的な印象になってしまうんですけれど、彼は僕と一緒に仕事をしてくれて、それは兵士の士気をあげる画家といったものよりも、場合によっちゃ、ずっとすばらしい仕事ぶりであったんじゃないかなと思っています。彼は単純に言って器用だったし、それに加えて才能もあって、なにより性格が向いていたようでしたしね。彼はどんな国の旅券も証書も実にうまく作りましたよ」

貫一は、時間をいくらかけてもいいから満足いくまで模倣をしろ、というその状況を活用して、最高の仕事をした。偽の印紙ひとつにしてもその実物よりうんと手間もお金もかかっていいからよいものを作れ、と言われれば、彼のような人間がどのくらい没頭して作業したか容易に想像がついた。

聞きこみをする私に、ものおじも警戒もしない木ノ内の様子を見ていて、木ノ内がどこかタエのような人間だと感じた。顔こそ似てはいないが、きっと貫一は木ノ内と気が合っただろう。貫一の作った偽物の、巧みな仕上げに満足した木ノ内は、タエのようにはしゃいで、貫一はそれをずいぶん得意に思ったのではないだろうか。

私はもう何度目だろうかと飽き飽きした心持ちで、彼の目の前にある小さなテーブル、メモ用紙が散らばっている上に二枚の写真を並べて見せた。間もなく木ノ内はその意味を理解し、声をあげて笑った。

「これのうちどちらが貫一くんか、選べとでも？」

そう言ってまた、私の顔を覗きこんで、我慢ができないといったふうに噴き出す。私までつられて微笑んでしまいそうになるほどの無邪気な笑顔でしばらく笑って、

「貫一くんはねえ」

と、笑いすぎて疲れたように息を整えながら木ノ内は続けた。

「毎日、その都度、いろんな姿で任務にあたっていたんです」

とくに指示を受けたわけでもなく、それがなんの役に立っていたのか、また、なにも手に入らなそうな戦地において、いったいどこで調達してきたのかもさっぱりわからなかったが、貫一はかつらや帽子、眼鏡など様々なものを身につけ、肌の色を塗り替え、時には女装もしながら、毎日別人のように姿を変えて作業にあたっていたらしい。

貫一は巧みな変装をし、まわりの者が気づかないでいる様子を見て楽しそうにするでもなく、毎日を過ごしていたという。まったく無関係な、その日の気分で適当な姿を選んでいるかと言えばそうではなく、たとえば偽の労働証を作ったら、その写真の人物にそっくりの顔を作ったり、ある国の元首の肖像画の贋作を描いているときはその人物に、商品のパッケージを複製するときにはその広告に出ているモデルの姿になるような、洒落のきいたこともしていたらしい。

「でも、もしそれが本物であってもおかしな話でしょう？　だって、肖像画の描き手がその顔をしているんですよ。ポマードの広告の男がポマードのパッケージを描いている。見ているだけでおかしなものなんですよ。貫一くん本人はその自分の姿を見ることができないのに、なんで作業自体には助けにならないそんなことをするのか。妙なものですよね。なんにせよ、僕は貫一くんの本当の姿なんて、すっかり忘れちまっているんですよ」

と言いながら、木ノ内は笑いすぎて流れた目じりの涙を手の甲で拭った。

「変装?」

アトリエには、その日音楽が流れていた。どうやら別の部屋の画家が、作業をするのにレコードをかけているらしかった。街の中でもこのような音楽が聞こえることは珍しい。自分のいる場所に自分のための音楽を流すことが困難な時期を過ぎてしばらくたった、そういう世の中の実感が、その漏れ聞こえる音楽にこもっていた。久しぶりに来た平泉家の住まいには、どこかから都合してきたのだろう、長持が並べられている。布をかけ、椅子や机の代わりにして使っているようだった。あれだけ殺風景だった場所が、しばらく見ない間にずいぶん、人が住む部屋といった雰囲気に変わっている。ただ臭いだけは相変わらず薬っぽかった。

「ええ、変装」

ああ変装、とタエはすこしばかりの間、頭の中の記憶を探るように考えごとをしてから、そういえばこんなものを見つけたんですと言い、奥から平たい木箱を持ち出してきた。長持の端に私を座らせ、真ん中にその箱を置き、タエはその平たい箱を挟んだ横に腰掛ける。胡桃の木の質感を生かしたつやのある箱は、宝石箱より若干大きめの、西洋将棋か双六かなにかを納める箱に見えた。留め金のついた開け口を私のほうに向けて、ふたを開けて見せる。ふたの裏の部分が鏡張りで、中はラシャ張りになっている。その上に大仰に並べられているのは、大小の、様々な形をした毛の塊だった。小さなものは人差し指の第一関節ほど、大きなものは手の平ほどもある。私はちょっとつついたあとひとつつまみ上げて、様々な角度から目を近づけてよく見る。動いていないので生き物でないことは明らかだが、かつて生きていたもの、なにかの亡骸というわけでもなさそうだった。しかしその毛は確実に、なにかの生き物に由来するような手触りだった。

「付け髭でしょうかね」

私の横からタエが箱の中を覗きこんで、

「わたくしにはよくわからないことなんですけれどね、こういった付け髭って、自分の毛でも、髪の毛で作るのは駄目で、どうしても不自然になってしまうんですって」

タエも並んだ髭のうちひとつをつまみ上げて、眉根を寄せて苦笑しながら、フ、フッとその毛の塊を吹いた。それは彼女の指先から逃れようとする小さな獣、もしくは昆虫かなにかででもあるように、彼女の息によってもぞもぞと動いた。

「男のかたの髪の毛と髭ってのは、質がちがうのが普通で、ですから髭をね、こう、付け髭にしたい形に伸ばして、形が整ったら、そのままごっそり剃ってこしらえるのだそうです」

と言いながらタエはそのつまんでいた付け髭を、自分の鼻の下に貼り付ける。タエの穏やかで明るい、丸い顔の中心に毛の塊があるだけで、タエの顔は無性に滑稽なものに変化した。髭面のタエは私の顔を正面から見つめながら、

「とってもへんな顔してるでしょう。あー、おっかしいこと！」

と言ってフフフフ、とこらえきれないように笑い出し、私の指先にぶら下がっている毛の塊を奪い取って、私の顎の先に貼り付けた。顎の先がくすぐったく感じるのは、タエがすぐ近くで私の顔に触れているためか、会ったこともない貫一の顔から生えていた毛を自分の顔にくっつけているという初めての体験のためなのか。タエが箱を持って鏡を私のほうに向けた。私は当然、生きてきた今まで、自分の顔から髭を生やしたことなどなく、また付け髭を身につけたこともなかった。

私たちはお互いの顔のあまりの様子にたまらなくおかしくなって噴き出し、ふたりでしばらく笑い転げる。顔からこんなふうに毛が生えているなんて！　そうしてこの毛を、こんなヘンテコな形に整えて顔に残しておくなんて！　疲れるまで笑って、そのあと息を弾ませながらタエに言った。

「ヴィヴァルディですね」

音楽はずっと、同じものがくり返し流れていた。タエは小さい声で答える。

「わたくしはまったくわからないのです」

「私もほとんどわかりません。たまたま、たぶん、そうじゃないかなと。でも、まちがっていたらごめんなさい。知ったふりで恥さらしになってしまったかも」

と言って、そのあと長持の椅子から立ち上がり、紳士風に腰を折って、

「踊りましょうか」

と提案をしたのは私のほうだったのに、実際にふたりで動いてみると、彼女のほうがずっと滑らかな動きで私をリードしたので、タエは以前も、ひょっとすると貫一からこんなふうに踊りに誘われていたのではないかと想像した。私のほうは何度かこんな踊りの経験があったのに、変に緊張したためか、また男の側だと思って動いてみたためか、どうにもぎこちない動きになってしまう。

髭面をした女がふたり、飾りのひとつもない灰色のアトリエの一室で踊っている。回りながら私たちは引き離されそうな力にあらがって振り乱れ、足がもつれて長持を蹴飛ばしてよろけたり、狭いあちこちに体をぶつけたりした。

はたから見たら、まったく美しくない景色だろうと思えた。

ただ私たちの間にあったのは、胸の苦しくなるほどの、とても、とても自由な晴れがましさだった。ひんぱんに声をたてて笑い、嬌声(きょうせい)をあげ、髪を乱し、外れかけた髭を半ばぶらぶらさせながら私たちは回った。踊っている最中にタエが細切れに、私の耳元で

独白した。彼女の付けた髭のくすぐったさが耳元を掠めた。

「わたくしは……正直を申せば、彼が本物かどうかについて、榎田さんや勝俣さんのように恐ろしさだとか警戒感を抱いていないんです。お義父さまやお義母さまはどうなんでしょうね……どちらにしたってわたくしに限っては、結婚をしてから最初に話をしたのは今の平泉、最初にわたくしの作ったご飯を食べてもらったのも今の平泉。ようするに今の平泉しか知らないんです。仮に戦争中に兵隊にとられた男が本物の平泉で、今の彼が偽物であったとしても……なんて言うんでしょう……今になってその、前の平泉とやらが本物ですと帰ってきたところで、わたくしはとっても困るんだろうなあって思うんです」

髭を生やしたタエの横顔、汗をにじませ息を弾ませているその姿は、見ている私の胸が破けて体がばらばらになってしまいそうなほど、ひどくかわいらしかった。

私が訪ねたあの時、大学の研究室で木ノ内は、久しぶりの訪問者だから、とかもうお会いすることもないかもしれないから、といろいろ言いながら、私をひきとめ、なかなか話すのをやめてくれなかった。

「真似がうまい、っていうのはね、その人自身の能力だけではないんですよ」

と木ノ内が言うことを、私はどう理解していいのか考えながら聞きいっていた。

私とて、先人の表現の書き写しになってしまうことをいくら注意深く避けるよう尽力したとしても、実際のできごとがまったく先人の文章や口述の記録でしか残っていない以上、同じ言いざまになってしまうことを自ら禁じることは難しかった。先人が知恵を絞って一番伝わるであろうと編み出した言葉でひとつのことを表現していることに、自分の言葉を交ぜてこねくり回すということは、創作であればまだしも、いや、創作であったとしても、あまりに無礼な所業になりはしまいか。それはすべての絵画などの表現活動、場合によっては料理や狩猟の方法でさえも同じなのではないか。

「たとえば貫一くんが、なにか大きな獣に食べられてしまったとしましょう」

唐突な木ノ内の言葉に、私は一度、彼が言う言葉をたずね返してしまった。木ノ内はもともと普段からそういった突拍子もない思考をしているのだろう。なんの問題もないとでも言うように微笑みを崩すことなく大げさに肩をすくめ、手ぶりを交ぜて話を続ける。

「戦中にほかの国の人やそこに暮らす日本人と話すことがたまにありました。僕はずっと、いろいろな場所に移動をしていましたし、人と話すことにはあまり自由がなかったので、時おり談笑する時間が持てた時、それはとても楽しいことでした。これはヤップで聞いた話です」

戦いに行った兵士が傷つき、倒れていたところを蛇に丸呑(まるの)みされてしまっていた。仲間の兵士は蛇を捕まえ、食べられた兵士の故郷に持ち帰り、その事情を話す。故郷には食べられた兵士の妻がおり、親が、子がいる。彼らは蛇を打ち殺さず、夫として、あるいは夫の一部が絶えずその体をめぐっているものとして蛇と共に生活をする。蛇がいくら蛇らしい振る舞いしかしていなかったとしても、故郷に住んでいる人々にとってそれは兵士が蛇の姿を借りた、あるいは蛇の一部に兵士が共生した状態であり、蛇のおこなうどの動きも兵士の影を宿すとされる。たまたま左から右に首をもたげれば、蛇の中の兵士がそうさせたと考える。

それが人だったら、または生き物ですらなく、なにかの機械に巻き込まれたというようなものだったら。それでも結局は、そこに兵士を見出すことしか、残った人たちにはできないとも。

テーブルの上に置かれた二枚の写真、私はふたりの貫一がお互いの姿を消しあったとしたら、という想像をした。貫一の戦争における成果、多くある作戦のうちのひとつの各種証書の模造というもの。うまく作られた偽の各種書類を前にして、それを使うに値する人間はどちらなのか。不明瞭なふたりの顔の、ちょうど中間の不明瞭な男は、明瞭な偽の書類を手にして日本に帰ってきたのかもしれない。

これは今の貫一に皆が抱いている疑念を補強するひとつの大切な要素ではある。ただこれにしてもなにぶん戦争中のことなので、偽造事件の犯人と言ってあげつらうことは困難だろう。証書類の偽造はそもそも平泉個人がおこなっていたのではなく国の命令でおこなっていたことなのだ。それをいまさら国がどうこうと難癖をつけることもできないではないが、そうなると藪蛇で、私のこの調査も、ことを大きくするほどの損害があるとも思えなかった。

私はもうあなたには会いに来ないと思いますが、と伝えると、木ノ内は残念そうに、あなたとは楽しい会話ができそうだった、またいつかお会いできたらいいなあと名残惜しそうに見送ってくれた。私も彼には好感を持った。ただ、それはおそらくタエの面影を重ねていたからかもしれない。

私はこのできごとをどうやって結論づけるべきなのか、すっかりわからなくなってしまっている。最初、私は刑事事件にもなりえない、戦後に社会の中で漂っていた靄の中で起こるできごとを纏めるだけのつもりでいた。どこかに大々的に発表し、告発する気などさらさらない。わかりやすく善と悪に収束しない、誰かがひどく損害を被ったり、直接傷つけられたりすることのない罪。いや、これは罪と言えるんだろうか。似たようなことは今、あちこちで起こっていることなのだった。勝俣の言うように、復員後、戦後の日本で彼のやっていたことは感謝されこそすれ人を傷つけるものではないはずだし、そもそも私とて彼の悪事を暴き立てるべきだ、などとはまったく考えていなかった。

いったい全体、なにが本物なんでしょうねえ、とつぶやいたタエのことを思い浮かべる。その時タエが話してくれたのは、貫一から聞かされて、印象に残っていた話だという。

「あの世とこの世を隔てているものは、世界によって様々ちがうものなんです。生と死の境が川の国もあれば、高い壁の国もある。でも日本はね、坂道なんですよ。平泉はこれを、子どものころからずっと妙だなと思っていたんだそうです。坂道というのは境目がなくて、いつの間にか反対側に行きついている。生と死などという重要な境界にしては、それは曖昧に過ぎるような気がしませんか」

私はその話をタエに言って聞かせる貫一の顔を思い浮かべようとして、それがどの姿なのか、いっこうに見当がつかないことに困惑する。戦前の穏やかでふくよかな笑顔、復員後の険しい顔、ふたつのまったくちがう顔は、戦争の間に、坂道のごとく徐々に曖昧になり、混ざって、いつの間にか別のものになってしまったのかもしれない。さらにラシャ張りの箱に並んだ様々な形の付け髭。想像の中で、ひとりの男なのか、ふたりなのかもわからない。混ざったり、ぶれたりしながら、貫一はまるで世界のいろんな国の男のように姿を変えた。

しかしまた、ふと思う。私はどんなところでこんなふうにいろんな国の男を見ていたのだろう。どの国の男でもある姿を、それでいてどの国の盟主なのか、学者であるのかさえわからない、不明ながらもたしかに立派に見える男の顔。肖像。

　はるか北の国から手紙の返信が来たのは、もう調査を終えても構わない、と榎田から言い渡されてからさらに二年を過ぎたあとだった。その時、私はしつこく拒みながらも根負けし、無理に礼金を持たされ、要は調査の打ち切りを言い渡されたのだった。無言のうちに榎田から、もう我々の近くをうろついてくれるなと決められたと同じことだった。私の調査は彼の神経に触り、また勝俣の精神も疲れさせ、平泉の両親の希望に沿わなかったのだろう。だから私の元に届いたこの手紙のことは、誰に報告する義務もなかった。

　あちこちで取材の仕事を続け様々な文章を書くうち、人々が徐々に明るさを取り戻しているのを肌で感じ取ることができたのが、私にとってはとても喜ばしいことだった。私がもし、実際の自分よりも物わかりがよく、才がないことに早々に気がついてしまってこの仕事をやめていたなら、こんなふうに生きていないかもしれなかったと考えると、私の鈍さや愚かさ、しぶとさは、日本という国にとってはいい迷惑かもしれないが、私にとってみればまちがいなく救いになっているのだと思えた。

　家で物書きの用事を進めることが多くなってきたころ、郵便受けに便りが入っているのを見つけた。その時、私はいったい自分がこんな見知らぬ国からの便りを受け取る義理があっただろうかとしばらく考えこんでしまった。あの当時、あれだけ筆を尽くして不得手な英語を駆使し長い手紙を書いたのに。

文型の崩れた英語の文章は解読に体力が必要であったし、翻訳にもさらに日数が必要だった。

あなたの手紙を読みました。

私はあなたの長い文章を、すべて読めていないと思います。

私は宛先のイワンでなく、その弟のアレクセイです。

兄は他界し、ですから兄の代わりに私が返事を書きます。

兄は収容所で日本人と接していました。

そうして私も別な場所で似た仕事についていました。

器用な日本人がいたか、ということに関しては、これはまちがいなくイエスです。

むしろ、あの時、あの場所にいた日本人は皆とても器用でした。

私たちが持っていた持ち物や身につけるものを真似て、なんでも作ってのけました。

ほとんどろくな道具もないのに、そのことが私たちには恐ろしく感じられました。

また、おそらく脱走していた者もいたと思いますが、
あの場所ですから、祖国に帰ることができたかどうか、厳しいと思います。

でも、おそらく兄が生きていたとして、
写真のどちらの男もきちんと判別できないでしょう。
なぜなら、私もその二枚の写真の男の区別がつかないからです。
これは私たちと違う民族の男だからとか、その時の
お互いの国と、人物同士の立場だとか、様々なことが関係していると思います。
その写真の人間がふたりとも日本人の男だという以上のことは、
私たちには判断ができないのです。

私の国の人たちはたぶん、あなたの国の人を探すことはとても難しいと考えます。
遅い返事のうえ、短くて、お役に立てず申し訳ありません。

あなたの人探しが、うまくいきますよう。

私はやはり、結局のところ、人探しをしていたのだ、という当然のことを、この短い、顔も知らない男の手紙で思い知らされた。

では私は誰を探していたのだろうか。榎田とはもう連絡を取っていないので、あの後貫一が戻ってきているのかはよくわからない。画家としてそれなりに知られた人物ではあるので、帰ってきているかどうかはともかく、万一の事故でもあればなにかしらの方法で知ることにはなるだろうと考えると、ひとまず大ごとにはなっていないようだ。そもそも私は復員後の貫一を探していたわけではなかった。いや、復員前の貫一を探していたのかと言えばそれはどうだったのか。私は出征前の貫一と復員後の彼が同一人物かどうかを調べていただけである、という言い訳がましい理由も、この手紙の主には理解してもらえないだろう。ただ、しいて言えば私はあの時期、彼を取り巻く様々なものを探していた。貫一の妻を、妾を、懇意にしている男や軍隊で一緒だった兵士を。そうしてこの手紙をよこしてくれた男の兄を。戦争をめぐる、貫一の輪郭を形作る周囲の要素をひとつひとつたどって、彼がいつ変化したのか、一瞬で変わったのか、あるいは昼が夕方になるように、この世が坂道であの世に変わるように徐々に変化していったとしたら、その切り替わり点はどこに存在するのか、それを探っていたのだ。

ふいにクマの言葉を思い出す。私たちは戦争によって一個の混沌になってしまって、それからのスタートだった。一見変わりなく帰ってきた者も、ただ日本でじっと息をひそめていた私のような人間も、すべてあの戦争を境に、前と後とでは何かが決定的にちがってしまっているのかもしれない。どんな赤ちゃんも、足にまとわりつく子犬さえも、以前とはちがったなにかに変わっていて、それは境目もなく連続的な変化なのだとでも言うのだろうか。

では、以前の私と今の私、もし終戦を体験しなかった私——いや、戦争に勝った私たちと負けた私たち、どちらかを偽物に設定することは、ひょっとすると偽物であるかもしれない私にとって果たして救いとなることなのだろうか。

簡単な文章であっても細かなまちがいや誤解があったら怖いからと、一字一句辞書に当たりつつその遠方から届いた手紙を読んでいるうち、私はタエのことを思い出す。いま、貫一の無事よりも、彼女のことが気にかかっていた。彼女はどうしているだろう。あのアトリエ長屋にまだ暮らしているのか。

私はこの手紙にかこつけて、榎田に連絡を取ろうなどと邪なことを思いつく。内容はともかく、収容所で働いていた人からの手紙を持って訪ねていけば、なにか目新しい話のひとつでもできるかもしれない。

たとえばもしタエがどこかへ引っ越していたり、あるいは郷里に帰ってしまっていたなら、そこを訪ねてみるのもいいだろう。

小田原（おだわら）の平地は遠く大山などの山系が連なっているので、そのため豊かな水をたたえた川がずうっと太平洋のほうへ流れている。湧く水の流れが上質なのだろう。この辺りから数キロほど離れたところには戦前から水が必要な大きな工場がいくつか建っていて、戦中はほとんどが軍需工場として稼働をしていた。周辺に空襲があったのは八月十五日、国民が玉音を賜ったまさにその日のことだった。米軍の計画にも戦後の記録にもなかったこの空襲は、熊谷（くまがや）と伊勢崎（いせさき）に対しての計画で余剰となった爆弾を廃棄するために投下されたものだという。該当地域の死者は五十人弱、ここに暮らす人たちの戦争は、かような絶望のただ中で終わった。あと一日早ければ、気まぐれな爆弾がここに捨てられさえしなければ。なんの前触れもなかった、必然がまるで排除されたとでもいうこの空襲が、結局は日本本土が被った最後の空襲になった。

私は自分の必要な物などそっちのけで準備した、日用品の詰まった大きな包みを抱えて駅に降りる。なにが必要なのかもわからないまま、それでも有れば困らぬ消耗品、缶詰や蜂蜜瓶などを重さも考えずにひたすら買って詰めてきたので、歩くのもままならなかった。必死に電車に乗ったはいいが降りたあとほとほと困って、駅で車を手配し、乗りこんだ。

今年もう刈り取りはすっかり終わって、水の抜けた水田が広がっている。時おりトラックやバスなどの大きめの車がその上をすべるように、正確には田の間を通る太い道を過ぎる。不案内な場所をうろつくのに細かな地図などなく、番地だけを頼りにしていたので大丈夫かと不安になったが、付近はほかに建物もあまりない地域だったため、目当ての家はすぐ見つかった。目の前で車を停めてもらい、降りる。

「あらっ」

中庭にいたタエの顔が、私を見るなり崩れ、当時のままの笑顔になった。丸く若干野暮ったい雰囲気は変わらないまま、心なしか大人びたようにも見える。そう感じたのは、野良仕事のために日に焼けたからか、または彼女の足元にまとわりつく、歩く足どりもおぼつかないほどの幼な児のせいかもしれなかった。

「あれ以来、平泉とは会っておりません」

彼女は私がたずねるよりも前に答えた。そうして、今はこの子のことがあるから、もう大手を振ってお義父さまやお義母さまと暮らしていけますから、と続けた。都会の空気にくたびれて体を壊した平泉の義父母とともにタエがここに越したのは半年ほど前だという。都会の空気、という以前に、あのアトリエの臭いは長く吸い込むと確実に体を悪くするだろうと想像できた。

私が手紙のことを話すのを忘れるくらい、彼女は潑剌と、楽しそうにしていた。

「最近はここでの生活もだいぶ慣れてきました。いくら田舎だといったって、今はあのころと比べたらいろんなものが手に入りやすくなっていて、便利なものもたくさんありますし」

戦争が終わってしばらくは、東京もあらゆるものが不足していた。ただこのごろはだいぶ落ち着いて、すこしずつ食べ物も衣料品も豊富に出回るようになった。とはいえ、このあたりではまだまだ不便なことも多いだろう。私の持ってきていた日用品を、彼女はとても申し訳なさそうにしながら、それでも笑顔で受け取った。

別に渡した菓子折りを手にしたタエはつぶやく。

「ああ、嬉しい。雷宝屋の白あん最中」

「以前、すごく喜んでらっしゃったから」

タエは、しばらく準備があるからと私に縁側に座るように言った。そうしてバタバタとなにか家の用事をしながら時おり、話しかけてきた。

「そういえば、榎田さんがご結婚されたとか」

「ええ、ここの住所を訊くときにちょっとお話伺いました。お元気そうでした」

「でしょうねえ」

タエは思い出すように、くくっと笑った。子どもは縁側に来て、私のことをなにか新種の動物でも見つけたような顔で観察している。子どもはタエの顔に似ているのだろうか、いや、丸顔というのはどの子どもにも共通するものであろうから、よくわからなかった。

「このあたりはお店もろくにないのですけれど、あの丘まで登ると景色がいいんですよ。せっかくいただいたお菓子ですから、お義父さまお義母さまにはお家で食べてもらって、わたくしたちは丘の上で食べませんか」

　私が待っている縁側に彼女はやって来ると、子どもを抱きあげ手際よく負ぶって括り、風呂敷の包みを提げて縁側を下りた。私も立ちあがる。

　ほんのちょっと上り坂がありますが、と言いながら彼女は、家の裏手に延びる道から続く崖のような山の斜面を、子どもを背負って荷物を抱えたまま、すいすいと登り始めたので驚いた。

「これは坂と言っていいものでしょうか」

　と私がたずねると、

「ああ、そういや、世田谷のあのあたりも坂が多かったですね」

と、なんとも呑気な答えが返ってくる。

「ここは、坂どころではないようにも思えますが」

「このあたりはさすがに行き方を変えても平らになったりはしませんね」

「なんという山なんですか」

「どうなんでしょう、名前があるような山はこのあたりでは相当大きな、神社があるようなものばかりかと」

私は革のヒールシューズで来たのを後悔しながら、必死に蔦や枝を摑み、時に彼女に腕をとられて登った。

丘の上はたしかに、先ほどまでいた平地が広く見渡せた。車に乗っているときは遠く薄っぺらにしか見えなかった工場の敷地も、広々と見える。

「彼は、家族がここに来ているのを知っているのですか」

「この場所は、榎田さんのほうから伝えていただいているようです。平泉はまだこちらに来てはいないですけれど、きっとこの景色を気に入ると思うんです」

彼女はそう言って木の根に包みを置いて腰掛け、背負っていた子どもを自分の横に置く。あんなに険しい崖を登ってきたはずなのに、子どもはすうすうと眠っていた。

貫一は時おり便りとともに、たいして大喰らいでもない三人と、おまけの小さなひとりが生活していくのに充分に過ぎる金額を送ってよこしてくれるのだという。

「毎日の生活で不便なことはないのですか」

「食べるに困るようなことはないんです。家族はみんな、さして物要りな暮らしを好んではおりませんし、実のところ、わたくしが野良の手伝いで働いているぶんで足りておりますから」

タエは膝の上に包みを置いて広げた。私が持ってきた白あんの最中をふたつと、アルミでできた、軍の払い下げ品の無骨な水筒を取り出して栓を開ける。蓋の部分がカップになっている。茶を注いで、ひとつの最中といっしょに私に差し出してきた。私は息が乱れていて、食べものがうまく喉を通りそうになかったので、お茶だけを受け取った。香りのよい煎り麦のお茶だった。そうしてタエのほうは最中のうちのひとつを半分に割り、いただきますと礼をしてから頬張った。

私は彼女の膝の上、包みにもうひとつ入っていた、油紙でできた分厚い封筒を見留めた。タエは私の視線に気がつき、大切な宝物を見せるみたいにして封筒を差し出してきた。私は彼女に視線だけで許可を得て、彼女の笑顔と頷(うなず)きを確認すると、封筒の中身を引き出してみる。

入っていたのは紙幣、つまりお札だった。私はこんなに分厚い束になったお金の実物を見たことがなかった。ただ、それは新しいもの、つまり新札の札束のように帯のきちんとかかったものではなく、まだきれいなものと使い古しがまぜこぜになった、いや、それどころか大きさもまちまちな、麻紐(あさひも)で乱暴に束にされているぼろぼろなものだった。タエは手を伸ばして、私の手元にある束の紐をほどいてみせる。アメリカのダラー、また南洋で使われていた軍票、東洋西洋各地の、単位さえよくわからない紙幣もたくさんあった。

私が束のうちから一枚の紙幣を抜き取って、かざしているのを眺めながら、最中を頬張ったタエが言う。

「色とりどりできれいでしょう。平泉が一度、なにかの気まぐれで送ってよこしてくれたものなんです。たくさんの人だとか、各地の風景が描かれてるので見ているだけで飽きないんです」

たしかにそれら各国の紙幣は、しわになったり破れたり変色しているものも多かったが、まちがいなく美しいものだった。細部を観察すればいくらでも文様を見出すことができたし、また大雑把に見ても、赤や青、茶色など色とりどりで華やかだった。それぞれ描かれた風景や肖像ごとの美しさだけでなく、またいわゆる名画のそれとは別の、民芸品だとか考古学的な美しさもある。タエが手を伸ばし、私の持っている束の中から紙幣を数枚抜き取って言う。

「お金ってなんでこんなにきれいなんでしょうって思うんです。わたくし、たまにここに来て、ひとりでこうやって、眺めて楽しんでいるんです」

「お金をですか」

「ひとりで、誰もいないところでないと人聞きが悪いでしょう。こんなふうにお金を眺めてニヤニヤするなんて。家でやっていて家族やご近所の方に見られでもしたら」

「それもそうですね」

「わたくしは平泉のように芸術の素養はなく、また勉強もからきしだったものですから、本を読んだり美術展に行くような趣味も持ち合わせていませんでした。ですから平泉からしたら、わたくしはさぞ退屈な女だったでしょうね」

私はふいにクマのことを思い出した。貫一はきっと彼女のところにも行っていないだろう。もし行っていたら、榎田がきっと、私になにかしら伝えてきていたはずであった。

いつの間にか子どもが起きだして、分け与えた最中を食べ終えるとタエの膝の上に乗っかって、タエの持っている紙幣を覗きこんでいた。タエは子どもの視線をたどりながら一緒になって、これはお花、象さん、それは鳥さん……鶴さんかな、と言ってきかせている。

「わたくしは平泉のものもそうですけど、絵を見ること自体はとても好きです。ですからこれは、物語を読む代わりに、いろんな絵の描いてあるお札を眺めている、というようなものなのかもしれません」

タエはこの丘で、映画や芝居、あるいは美術展や本や読書の代わりに、この紙幣で夢想をしているんだろう。異国の紙幣の肖像画に描かれているのがどういった人物なのか、国の元首、あるいは古代の神、芸術家や学者なのか。そうしてまた、描かれた建物がなにに使われているものなのか、城などの遺跡か、寺院はたまた政治の中心地なのかも。鳥や花はどういった意味を持っているのだろう。神話に出てくる重要なものなのか、その国に多く生息しているものなのか。タエはそれらをつなげて、行ったこともない国の使ったこともないお金に、物語を読んでいるのだ。

「文字が読めなくとも、あるいは絵画に関する専門的な知識や、またその国に関する知識がなくても、時間をかけて見ているほど、いろんな図が見えてくるのです。こうやってお金を好きなように見て考えているのが楽しい時間なんです」

「タエさんは私よりもずっと賢いし、ものを見ていると思いますけれど」

私が言うことに、タエは嬉しそうに笑う。

お世辞ではなかった。私はと言えば、他の国の紙幣どころか自分の今持って、使っている紙幣すらきちんと眺めて見たことがなかった。今私たちが手にしているGHQの許可を経て作られている紙幣は、地味で色味もすくなかった。国会議事堂や、この小田原あたりの偉人、二宮尊徳。軍人や以前の天皇、武士などではなく、勤勉な偉人が採用されたのも、なにかの思惑が絡んでいるのかもしれない。私は二宮尊徳がどんな人間なのか、その詳細をどれだけ知っているのだろうか。私は紙幣に物語を見ることなどできず、一円なら一円、十円なら十円といった価値以上のものとして見ることができない人間なのかもしれない。

「わたくしはあなたが、いつだってうらやましいです」

と、タエの言ったうらやましいという言葉の意味を考えていた。私だってタエをうらやましく思っている。誰からもその顔をはっきりと把握されていない男の妻であり、にもかかわらず、そのことを気に留めない、また様々な紙幣からたくさんの物語を見出すことができる女性。

「お札になんで人の顔が描かれているのか、ご存知ですか」

　ふいにたずねられて私は困惑しながら答える。

「大抵は国にゆかりのある偉い人なんでしょうけれども、さて、どうしてでしょうね」

「わたくしも平泉からの便りに書かれていたので知った、受け売りなんですけれど、人の顔というものは、人間がいちばん違和感に気がつきやすいものなんですって。特にその国の人間ともなると、元の顔を知らない場合でも、その人が不機嫌なのか、笑っているのかすらわかるようになっているんです」

「あ」

　強く風が吹いていたので、私の持っていた紙幣が風にとられ、谷になっている斜面のほうへ向かって吹き飛んで行ってしまった。私はあわてて、

「ごめんなさい、大切なものなのに」

　と言い、その大切なものというのが果たしてお金だからなのか、それとはまったく関係ない、彼女が物語として読んでいる美しい絵の刷られた紙だからと考えてそう言ったのか、自分でもわからなかった。

「大丈夫です。もともとこれは使い道のない、使うことのできないお金なんです。偽物ではないのですが、この国では鼻紙ほどの役にも立ちません」

と言うと、タエは立ち上がって自分の持っていた紙幣を一枚つまんで掲げ、手を放す。私がうっかり飛ばしてしまったのと同じ方向に、くるくると巻かれながら飛んでいく。

「紙切れだったとしても、なんだか、もったいなく感じますね」

「ここは、谷に向かって強く風が吹き下ろしているんです」

　坂の下の平地には、タエの暮らす場所があった。子どもを育てて、働いて食事をし、貫一を待つ場所が広がっている。ここは、その場所と急な坂道でつながっているタエの気に入りの場所なのだ。ここに上がれば強い風が吹いていて、また、彼女の夢想を咎(とが)める人もいない。

　タエは一度、襟足(えりあし)のヘアピンを外すと、こめかみの、強い風で乱れた髪を撫(な)でつけて留めなおした。

「来てくれてありがとうございます。急だったので驚きましたけど、とっても嬉しかった。わたくしは、あなたと平泉はほんとうに似ていると思います」

「私が、彼にですか」

　私は平泉の顔を思い描くが、それは写真のA、Bどちらの顔か、曖昧にぼやけている。またあのいくつも並んだ付け髭の形が、かわるがわるその顔に貼り付いては消え、不確かになって崩れていく。

「失礼に感じてしまったらごめんなさい。でも、顔がどうとかっていうことではなくて、話しているときの様子、無理に自分の考えを押しつけるところのない感じとか」

　タエが、束からもう一枚、紙幣を引っ張り出して風の中に放った。

「ですから、世田谷にいる時に平泉が姿を消してからあなたがいらして」

　もう一枚。

「今だって、わたくしがここに移り住んで、平泉の便りを待っていたら、あなたが訪ねてきてくれた」

　さらに、もう一枚。

「わたくしは嬉しかったんです。ちっとも大げさなことなんかじゃなく、平泉と会えるのと同じくらい嬉しいんだろうと思っているんです」

　風に乗って、一枚ずつ紙幣が谷のほうにもまれながら流れていく、絵の描かれた美しい紙。なんの役にも立たない、でも、別の国の、あるいはすこし前の人々なら、これのために命まで奪いあうかもしれない汚れた紙きれ。表面には、描かれた知りもしない男の顔がある。それは病気を持たぬ者の健康な顔で、苦しまず、また笑うこともない平穏な表情をたたえながら、谷にのまれて消えていった。

ラピード・レチェ

そのフレーズは、みっつの言葉がくっついて成りたっている。

うしろふたつの言葉は、どっちもそれぞれひとつずつではポジティブな意味を持っているものだったから、組みあわされてできたフレーズも、ぱっと見は前向きなもののように思えた。けれど、そのふたつの前にはちょっとばかり不穏な言葉がひとつのっかっているため、全体的には悲観的なできごとを表すものに変化しているんだろうという想像がつく。

ようはプラス、プラスの要素をどれだけ積みあげていっても、そこにマイナスをかけたらすべてがいっぺんにマイナスへと変わってしまう、というような。

〈無念の〉

〈繰り上げ〉

〈スタート〉

これは、どんな人にも意味がわかる言葉だけで成りたっているのに、実際のところはけっこう使いみちの限られたフレーズで、特殊な競技の、しかもそこそこイレギュラーなケースでしか使われることがない。そしてその競技が好きな人たちにとっては、耳にするだけで涙がこぼれそうになるほど感情を動かすキラーフレーズでもあるらしい。

私はこのフレーズを、けっこう前から知っている。ただ、この競技がほんとうに多くの日本人に好かれていて、そのためにこのフレーズが人々の情緒の強い強い引き金になっていることについては、そこそこ成長してから――具体的には私が、この競技の第一線のプレイヤーになることをすっかりあきらめた後になってから知った。

＊

空港の検問官は、私のあやしいシミの一点さえついていないまっさらのパスポートに、たった数センチ角のスタンプを捺すだけのために二十回くらい、

「レイコ、あなたはいったい何を教えるためにこの国へ？」

とたずねてきた。私はつい今さっきパスポートといっしょに差しだした書類にくわしく書いてあるはずなんだけどな、と思いながら、つたない英語をけんめいにつぎはぎして説明する。といってもけっきょくは、提出した書類に書かれている内容とほとんど変わらないことを口頭に置きかえただけだった。それでも検問官は、黙って耳をかたむけ、もっともらしくうなずき、それから、

「で、レイコ？　あなたは何を教えるために」

とたずねてくる。検問官の左右それぞれの手に握られているパスポートと入国スタンプの距離は、私が見るかぎり三十センチもない。なのに、その距離はいっこうに縮まる様子がなかった。

ため息、同じ説明、ため息、説明――。そのうちに、私はだんだん英語の言いまわしが上手になっていくようなかんちがいを起こしはじめる。

自分とちがう常識を持っているであろう初めて会う人に、お互いがなじみのない共通の言葉で話す、という緊張感は、似たようなことをくりかえし話しているうちになくなっていく。知っている言葉をちょっとずつ組みかえたりしながら話していると、口が、自分のいいかげんな英語にも慣れていった。

私はふいに、これが商売になるんじゃないだろうかと思いつく。検問官式英会話教室。ついたて越しに検問官役の先生がいる。自分が前もって持たされている偽造されたパスポートと書類は英語で書かれていて、自分でもきちんと読めない。なんとか検問官を説得してパスポートにスタンプを捺してもらい検問を通過するのが目的だ。検問官はがんこで、日本語はおろか英語さえいまひとつ理解していない様子。どれだけ説明してもあたりまえに同じことをたずねてくる。がまん強く、あきらめないで言葉をちぎっては投げ、ぶつけ続ける。ただひとつの目標、この検問を通過するために。検問官からスタンプをもらって部屋を出られると、その日の課題が終わる。

これがうまくできるようになったら、どんな国にでもインチキのパスポートと書類で入国することができるようになりますよ、っていう触れこみの英会話教室は、好奇心が強い人が集まるかもしれないけれど、ちょっと面倒な活動家が交じってしまうかもしれないな。

そんな妄想をしながら、説明して、ため息をついて、どういう顔をしたらいいのか困りながら袖口のボタンを気にしたり、長く乗った飛行機でできた寝癖をなでつけたりというたぐいのことを順ぐりにやっているうち、どうにか私はこの国に入ることを許されたらしかった。ひとまず今日のレッスンは合格だったんだろう。

私の手元には、かすれたスタンプの捺されたパスポートと、今どきどんなコンビニでもまだましだと思えるくらいに質の悪い複写機で出された申請書類の控えが手渡された。控えのほうにはペンを使って、(おそらく)その国の言葉で、いろんな説明が書き加えられていた。その場では文字を読むことはできなかったけど、こっちの国で私は、『前にいるプレイヤーの首に、できるだけ速やかにスカーフを巻く、東洋で開発された競走の指導者』

とかいう種類の人間にされていたらしい。これは、後になってアレクセイに書類を見せてわかったことだった。

「まあ、大きくまちがってはいないけど」

と私が言うと、アレクセイはいぶかしげに、

「あなたはこの国にいったい何を広めにきたの」

と訊いてきた。私はアレクセイに聞こえないように気づかいながら、小さくため息をつく。

「だいいち、こんな国にこっそり入ったって、なんのメリットもないでしょうに。今じゃあどの国の難民だって寄りつきゃしない」

と、アレクセイは苦々しく言う。

アレクセイは、私がこの国に来た最初の日にできた、私と年の近い友だちだった。顔は丸くて小さいのに、手足は縦に引き伸ばしたみたいに長く、胴体のほうは筋肉質でがっしりしていた。この国の食料事情はさほど良いわけではないから、アレクセイみたいな体格の人というのはめずらしかった。彼は私が住む外国人用の集合住宅の一階にあるカフェの店主をしている。といっても、店員は彼だけだった。カフェはこの建物の住人でなくても使えるようになっていて、朝や昼には近所で働いている人が数人来て、かんたんな食事をしていた。たとえば缶詰のサーディンを使ったサンドイッチだとか、ガーリッククオイルと刻んだプレスハムのシンプルなパスタだとか。どれもまずくはなく、また特別においしいということもないくらいのものだった。そもそもこの国に、ものすごくお

いしいといえる食べ物はない。手に入る食材じたい種類が豊富というわけではないし、パスタだとかパンみたいな基本的な主食でさえ、なんだか味気がなくてぼそぼそしていた。それに肉や魚も缶詰とか真空パックされたハムやフレークみたいな加工品ばかりだったので、おいしく食べるための工夫といったってたかが知れている。

考えてみればここに来るまで、私はこの国の人たちがどんなものを食べているのか、考えたこともなかった。日本にいるときもこの国の郷土料理を出すようなお店を見かけたことはない。あらゆる国の料理店がある日本で、この国の郷土料理店がないというだけでも、ここの食べ物がおいしいのかどうか、なんとなく推測できる。

集合住宅の住人はみんな、アレクセイのカフェにいったん入って、店の中を突っ切って階段を上がらないとそれぞれの部屋に入ることができない。カフェはいつ見ても、それほど繁盛していなそうだった。そんなつくりだったから、自然と彼は住民から頼りにされていて、いろんな国から来たここの住人に、なにかと相談されているみたいだった。そしてアレクセイはとてもわかりやすい英語を話す。その点についてだけでも、アレクセイがここの店主である意味は大きかった。

アレクセイはスポーツ経験がないみたいで、ふだんからあまり体を動かしている様子はない。あちこちに運動場があって、道端に毎日人が集まって体操をしているこの国では、たぶんめずらしいことだと思う。たまに買い物に出ている以外アレクセイは、ほとんどの時間、狭いカウンターの中でひまそうに店番をしている。

　アレクセイはこの国のことをことさら悪しざまに言うくせに、この国を出たことはない。だから悪いところばかり見えてしまうんだ、とほかの住人たちは言うけど、そもそもこの国の人たちが外国に出るための手段は、とても限られている。この国に来るのも、私みたいに変わった目的を持った人以外にはいなそうだった。外国からわざわざ観光に来たいと思えるような場所もないし、私もこんなことがなかったら、一生この国に来なかったんじゃないかと思う。

*

　私はこの国で、アレクセイ以外に友だちと呼べるような人がなかなかできなかった。だから部屋に帰るときはたいていカフェのカウンター席に座って、アレクセイが接客していたらそれを眺め、ときおり彼がひまそうにしているときは話をした。

　アレクセイは「いい奴」だった。よその国の人たちにとても親切で、ちょっとへそ曲がりなとこも「いい人」でなくて「いい奴」という表現がとてもしっくり来た。ただいっぽうで、わかりやすく善人ふうではなかったので、善人っぽくふるまうことが多いこの国の人たちの中で、アレクセイはその賢さにみあった扱いを受けていないというふうにも見えた。

この立場が逆だったら？　と考える。もし日本に来たアレクセイになかなか友だちができずにいる場合、毎日自分が勤めている店に来て、私を眺めているとしたら。もし私が男で、アレクセイが女性だったとしても、私はこんなふうに毎日あたたかく受け入れてあげられるだろうか。

私が席に座ると、アレクセイは何も言わないで冷蔵庫からよく冷えた牛乳のボトルを出して、マグカップに注いでくれる。それからカウンター越しに一度、マグカップを軽く上げて（冷たいままでいい？）と首をかしげる。たまに、温かいものが飲みたいときは、そう伝えればマグカップを電子レンジに入れて、程よくあたためてからシナモンをひと振りして出してくれた。今日私は、冷たいままの牛乳をアレクセイから受け取る。

私は日本でも小さいころからずっと、ほぼ毎日牛乳を与えられていた。だから大きくなってからも、飲まないでいると体調が悪くなる気がして毎日牛乳は欠かさないでいる。もちろんこの国に来てからもスーパーで買って、自分の部屋の冷蔵庫には切らさずに入れてある。ここのカフェでもたいていは牛乳を飲んでいるので、アレクセイやほかの住人からは、日本で呼ばれていた「れいちゃん」をもじって、この国でずばり牛乳を意味するそのままの言葉「レチェ」という名前で呼ばれるようになった。

牛乳が世界中どの国でも同じ味なのかはわからない。ただ、すくなくとも生まれた日本の都市部で手に入るものと、今、この国のマーケットで手に入るものと、味にほとんどちがいはなかった。

世界の食べ物なんて、いまスーパーマーケットで手に入るようなものは、味にたいしたちがいがないとばっかり思っていた。けれど、この国で売られているものはパンや米、野菜、お菓子やチョコレート・バーでさえ、日本で売られているものとちょっとちがって、なんとなく雰囲気だけ真似た、インチキめいた味をしていた。まあ、そうは言ったってこの国の人たちにとってはこっちのほうが本物で、日本のパンや肉、お菓子やジュースのほうがインチキのニセモノ味に感じるのだろうし、もっと言えば私は人間に似せた何かに見えているのかもしれない。

ただそんな中、どういうわけか牛乳だけは日本のものと同じように甘くて喉ごしがよかった。私はこの国の牛乳が好きになった。ただ、ひとつだけ不満なところを除いて。

「プラスチックボトルに入った牛乳にはなじみがない」

アレクセイが冷蔵庫から出す牛乳のボトルは、密閉キャップのついた持ち手つきの白いものだった。ラベルにはまつ毛の長いホルスタインが印刷されている。私の言葉にアレクセイはこたえる。

「プラスチックの味がついてるとか？」

「そういうことでもないんだけど、なんとなく……気になる」

「日本ではガラスにでも入っているの？」

アレクセイはいぶかしげにたずねてきた。

「たいていは、紙の箱に入ってる」

私はマグカップから、ストローを使わずに直接口をつけて飲む。喉に冷たい膜を張るみたいにしながら通っていく真っ白な液体は、甘くてつるつるとしている。アレクセイは笑う。

「この国では、ふつう、牛乳を紙の容器には入れないなあ」

＊

新しい部屋にはスーツケースと、先に送ってあったひとつの段ボールがあって、それが私が日本から準備してきた荷物のすべてだった。ここに来る前に説明されていたとおり、荷物はどっちも、いちどぜんぶ開けて中身を確認されていた形跡があった。刃物とかガスボンベみたいな危険なものや、パソコンは持ちこめないと教わっていたから入れてはこなかったけれど、それでも荷物を開けて確認してみると、いくつか没収されているものがあったようだ。常備薬のうちの数種、化粧水とシャンプーは、こっちの国でも似たものが売られているから、何かの成分が良くなかったのかもしれない。ただ、こっちのシャンプーや化粧品の成分書きが、私には読めなかった。おまけに何冊か入っていたマンガのうちいくつかが無くなっていた。一瞬私が入れ忘れたのか、また、運ばれる途中どこかで盗まれたのかとも思ったけれど、一巻から通しで入っていたものが飛び飛びに無くなっていたので、そうとは考えにくかった。どこか、この国の基準でふさわしくない表現があったのかもしれない。日本語はともかく絵だけは良くないもののように見えた可能性もある。そう思って残っているマンガを読んで、無くなっている箇所がどんなふうに描かれていたのかを思い出してみようとしたけれど、いまひとつ思い出せなかった。

*

私の、この国での住居にあたる外国人用の共同宿舎は、日本でいう団地みたいな建物だった。似た建物が多いので初めは迷いそうだと心配していた。でも宿舎の一階にはどの建物にもスーパーだとか飲食店だとか、めいめいにいくつかの商店が入っていたから、私はいつもアレクセイのカフェを目印にして帰っていた。団地のかべはコンクリート一色で、外側からだと気が滅入るような見た目だったけれど、部屋に入ってしまえば天井は高かったし、窓も大きかった。国の指定の宿舎のような場所だと聞いたときに想像していたよりも、ずっと広くて清潔で、さらにおしゃれですらあった。すくなくとも日本にいたときに住んでいたアパートよりも立派なことはまちがいがない。
ただ、部屋の外にある薄気味悪い均質な風景のほうは、どこかしら日本に近いようでいて、いや、だからこそ日本とはちがう場所だ、よそごとである、ということでかえって安心感があった。いっぽうで、部屋の中の様子は明るくてしゃれていて、日本で暮らしていた部屋とまったくちがうのに、どこかで見たことがあるような気がして不安な感じがした。

友だちの家か、テレビ番組でか、いったいどこで見たんだろうか。

*

新しい競技を教えるといったって、学校にいた選手たちは以前から、この国で行われていた基本的な個人競技で充分な記録を出す実力を持っていた。だからここに来て私がしなくちゃいけないことはあまりないだろうと考えていた。でも実際には、選手の親の説得や、授業、仕事との折り合いのつけ方の伝授と、競技指導のほかにもさまざまな役目があった。

迎え入れられるからには、この国の側にそれだけの準備が整っているのだと勝手に合点してしまっていた私が悪いのだけれど、この国の都合で考えたら、ひとまず多くのめずらしいマイナー競技に手をのばして、そのうちひとつでもふたつでも、すくない競技人口の中とはいえ世界で通用してくれれば儲けもの、くらいのものだったんだろう。

この国はスポーツだけでなく文化も積極的に輸入しているみたいだった。私はこの国に来てはじめて「時調（シジョ）」という、定形詩の文化を知った。三四調、四四調の調子を持った、朝鮮半島の詩の文化だった。お隣の文化なのに、私は日本どころかアジアからもはるか遠いこの国で、韓国からきた時調の指導者による講義を聞くことができた。

この国は貧しいけれど、というか貧しいからこそなのか、スポーツ振興とか文化の発展に滑稽なくらい一生懸命だった。もっとも、こんな国で余計な軍事費なんてかけてもたかが知れているし、それならせめて教育や指導になけなしのお金を使おうというのは、考えたらまだ良心的な政策なのかもしれない。この国のたいていのことを否定的にとらえているアレクセイでも、このことについてだけはあんまり不快には思っていないみたいだった。

*

日本でこの仕事の募集要項を目にしたとき、その条件はあんまり良いものだと思えなかった。払われる謝礼はほとんどゼロだったくせに、必要な書類がやたらに多くて、審査や手続きがややこしかった。よっぽど金メダルを量産するチームを作らない限り、日本に帰って通用するぐらいの実績を作れるとも思えない。だから日本でまだ現役だったり、コーチとして期待されている競技者は手を上げないだろう。

ただ、現地で生活するための必要な経費は謝礼とは別に支給され、住むところは外国人用の指導者専用住宅が割りあてられるとあった。この条件で応募してくる人が私以外にいるとは思えない。応募すれば高確率で採用されるだろう。日本でくさくさしているよりはよっぽどましなんじゃないかという気がして、私は日本で、仕事の合間に時間をかけて書類をそろえたんだった。

＊

まず最初にやらなければならなかったことは、選手のスカウトだった。スカウトといったってみんなこの競技のことを知らないから、ご両親や周囲の人たちにはどれだけその選手に向いているか、どうやって能力を活かして活躍できるのかをいちから説明する。入国のときには、あんなに骨の折れた競技についての説明をくりかえすうち、私はすっかり完璧にこなすことができていた。検問のときからずっと続いているレッスンと、アレクセイのアドバイスのおかげだろう。ついでに言うと、選手やその家族は、この国の政策のことをよく知っていて、新しい競技に触れることに抵抗がないのかもしれない。

スカウトするときにはなるべく能力の高い選手を、と思ういっぽうで、彼ら彼女らはすでに国に将来を嘱望された個人競技者であったから、今更新しい競技で博打(ばくち)をする必要がないとも思っている。

私は、この国で現在行われている種目の競技会でいまひとつ脚光を浴びることができていない選手の中から、この競技に向いた選手を探していた。たとえば人を倒すことが苦手な格闘家や、単独登頂に不向きな登山家、というような。

「協調性……だけとも限らないんでしょう？」

と、アレクセイはたずねてきた。

アレクセイはたぶん、私よりもずっと賢い。私はこの国に来て（というか正確にはこの国に入る手前から）山ほど同じ説明をしたけれど、一番かんたんな言葉で理解してくれたのがアレクセイだった。検問官やスポーツ省の人、外交大使館の人たちがみんなアレクセイくらいに賢かったらよかったのに、と何度も思った（でも、きっとアレクセイは、賢い人ならこんな国を作る側に回らない、と言うだろう）。隙間だらけのルール概要を話すと、アレクセイは、ならここの部分はこういう戦いかたであるだろうから、そっちはこういう約束であるのが自然、じゃあこういう楽しみかたで見るわけね、こんな戦略なら、ルール上ぎりぎり認められるかも、というように隙間をあっという間に埋めて勝手に楽しみ始めた。

＊

私がここに来たとき、アレクセイは私に、

「麻雀（マージャン）が打てる？　あるいは、麻雀牌（バイ）を持って来ている？」

とたずねてきた。私はまず、

「ノー」

と答えてから、

「最初の問いの答えがノーであれば、次の問いはほぼノーだと思うけど」

と付け加えた。アレクセイは落胆した。そうして、カウンターの下から、持ち重りのする剝げた黒い合皮の、平たいカバンを取り出す。それはカバンというよりカバーケースみたいなもので、持ち手の面にふたつ付いた爪先ぐらいの大きさの掛け金を外すと、ケースの片面が展開して広がった。中にぴっちり詰められていた麻雀牌は、文字や記号がかすれて、裏面の竹部分が割れて外れてしまっているものもある。私の目から見てもこれらは麻雀牌としては用をなさないか、無理やり使うとしてもゲーム性が変わってしまいそうなものだった。

アレクセイは、旅でこのカフェに寄ったマオイストに麻雀のルールを教わったらしい。彼らがいたのはほんの半月ほどだったにもかかわらず、アレクセイは麻雀の打ち筋だとか、おもしろさのポイントを短期間ですっかり把握した。マオイストがいなくなってから麻雀をいっしょにやってくれる人がいなくて、また、置いていった麻雀牌も、古びて安っぽいものだったからか、使わないでいたらこんなふうになってしまったと言う。

ちなみに私は、アレクセイにちょっとした嘘をついた。私は麻雀のルールをまったく知らないわけじゃなかった。ただ、知っているといったって順ぐりに牌をとっては捨て、集めた牌にほかの人が捨てたものも加えて役を作る、というくらいのことだったし、細かな計算のしかたとか、そこを目指すまでにどうやって動くべきかといったことは、ほとんど忘れてしまっていた。そのゲームを知っている、というのと、ルールを知っているということと、何回かやったことがある、ということにはさほどのちがいはないけれど、愛好者と勝負するに足る、だとか、おもしろさを知ったうえで楽しめる、というのには大きなちがいがある。特にこういった遊びはレベルを推し量るのが難しいくせに、その差が大きく楽しみかたを左右するように私には思える。

アレクセイは、たんに麻雀のルールをぼんやりと把握している人と麻雀の真似ごとじゃなくて、ゲームの約束ごとを介して思考同士をやり取りするようなことをしたいように思えた。それに人生で最初に麻雀に触れた、そのときの二週間がひどく楽しくて、それをずっと求めているんだろう。

いっぽうで私は、マオイストと呼ばれる種類の人にちょっとした、自分勝手な偏見みたいなものがあったのかもしれない。といっても、知り合いにいないからなんだか怖い、ってだけのことなのかもしれないけれど。

だから私はアレクセイがマオイストたち（麻雀をしたくらいなのだからきっと三人以上いたんだろう）ととても仲が良かったことがあって、というかすくなくともアレクセイがマオイストたちにとても好感を持ち、今でもそういった人たちが何かのはずみでカフェに立ち寄るのじゃないかと待っていて、私のことも同じ種類の人間だとかんちがいしたのだ、と考えると、ほんのちょっと嫌な気分になった。

つまりはその、彼らの楽しさのルールの輪の中に入るのが面倒だったから、アレクセイの問いにノーと答えたんだと思う。

＊

選手探しは最初に思っていたほど難しいことではなかった。

第一に、この国の人たちは、協力して何かを成しとげることについては興味を持ちやすい性格だった。たぶんこの国の歴史に根づいた文化によって、協調性を重んじる考えにさほど反感を持たない（へそ曲がりのアレクセイみたいな人は例外として）国民性なのかも。

第二に、この競技にはほとんど設備や道具が要らない。仲間と地面、そうしてちょっとした細長い布きれがあればできることだった。国だけでなく個々の競技者にもお金がないこの世界では、重要なことだった。この国の人たちは学生や一般の人も競技を行うことが推奨されていて、選手になるということは国家公務員になることでもある。

第三に、私みたいな指導者といっしょに世界のあちこちから持ちこまれてきた新競技は、とんでもなく奇妙なものが多かった。棒を登ったり降りたりする間になるべくたくさんの決めポーズを取る、というものや、水中の小石をたくさん奪い合いながら拾い、その石自体の美しさも加点対象になる格闘技。どれも私が持ちこんだものよりもよっぽどへんてこで、だから消去法でこの競技を選ぶ人がそれなりにいたみたいだった。

おまけに、東洋から小さくて力も強そうでなく、さほど賢そうでもない私がひとりで指導にきた、というのもめずらしかったんだろう。

賢くて思慮深い、能力の高い選手がそろった。

私はみんなに、この競技の約束ごとや勝利のためにしなければいけないことについて教える。彼らは私の話を慎重に聞いてくれた。

「何番目にだれが走るかを決めるのは、すごく難しいの」

コースにももちろん関係があるし、相手の走る順番にも関係する。人のペースをつかんでそこに乗るのがうまい人、自分のペースをくずさない人、人のペースをくずしたりずらしたりして揺さぶるのがうまい人。前後の走者との相性もある。

選手を多くかかえる大きなチームは、いくつかの予備選手をそれぞれの走区に用意して、ほかのチームの走順を見てから組み替えたりする。当然組み替えには回数の制限があるから、手数の限度いっぱいまで使って、チェスのように組み合いを行うこともある。そうやって、逆に裏をかくことも。

戦術面のことを考えていると、この競技はやっぱり、かつて戦いに使われていたものだったんだろうと実感する。

＊

「なんでこの競技をしようと思ったの」

とたずねてきたのは、この国に入ってきてアレクセイが最初だった。というか、ほかにこんな質問をしてくる人なんていなかった。

「お母さんも、そのお父さんもやっていたから」

「それって先祖代々ってこと」

「そんなに古い競技じゃないけど……戦争のときはこの競技をする選手の多くが兵隊にとられたらしいっていうのは聞いたことがある」

「まあ、スポーツ選手はたいてい戦争に参加させられるよね」

アレクセイの言いかたがやけに苦々しかった。この国では内戦が最近のできごとだったんだと思い出す。私は体格の良いアレクセイに、このことについてあまり詳しいことを聞いたらいけない気がして、話を別の方向にすすめた。

「毎年のコースではトウキョウの中心部分も走っていたんだけど、戦争中は選手もすくなかったし、戦車が通るから道路封鎖ができなくて、だからトウキョウでも、かなり山のほうをコースにして走ったらしいんだ」

「トウキョウにも山はあるの」

「山ばっかりだよ。トウキョウの中心は坂だらけだもの」

＊

私はこの集合住宅にしばらく暮らしているうち、ふいにこの部屋の違和感の理由に気がついた。理由の根拠を確認するために、部屋にある家具を全部ひっくりかえして、かたっぱしから裏側を調べてみる。確信があったはずなのに、その証拠はどこにも無くて困惑した。

部屋にある家具は全部、ＩＫＥＡのものにとても似ていた。ただ、こんな日本から遠く離れたところだったので（といったってＩＫＥＡ自体、日本から遠いところからやってくるものだけれど）、部屋の中があの、ＩＫＥＡのショップにあるショウルームのまんまみたいなつくりだと気がつくまで、かなりの時間がかかった。

絶対にそうだと確信があったのに、どんなに家具のあちこちを調べてみても、あのもともらしい、日本人の私にはどう読んだらいいのかわからない文字、ローマ字に点や丸がついた北欧の文字で書かれた名前は見つからなかった。

＊

「ＩＫＥＡのショップはこの国に無いから、ＩＫＥＡの家具を見たことがないんだけど」

と、アレクセイは続けた。

「この国の刑務所で、ＩＫＥＡの家具が作られているっていうことが、すこし前にわかって問題になったの」

「私の国でも、刑務所にいる人が家具を作って売っているけど、問題なの？」

「問題はね、レチェ。この国の法律によって罪を償っている人たちがすごく安く、ほかの国の営利企業の労働力にされていたことなの」

アレクセイは諭すような言いかたをした。きっとこの国も日本も、私には見えているけど気づいていないような問題であふれているんだろうな、と思う。

「でも、実際はかえってそのおかげで、この国の家具づくりのレベルが上がったんじゃないかって皮肉な笑い話のおまけつき」

頬杖（ほおづえ）をついたまま、アレクセイは肩をすくめる。私は念を押すみたいに言う。

「でもね、ほんとうにそっくりなんだよ、ＩＫＥＡの家具に。あれがもし、似せて作ったインチキの品物だとしたら、ずいぶんと良くできた代物だと思う」

その社会で、どうがんばってもふつうに暮らしていたら手に入らないもののニセモノを作ることに、正義の意識はどう発生するんだろう。手に入らない場所で代替として作られたニセモノは、どんなにインチキくさく、食べ物であれば味がいまいちであっても、その場所では本物になるのかもしれない。アレクセイは、

「『僕』が住んでいたんだよ」

と、冗談を言った。私はその冗談を理解するまで、ちょっとだけ時間がかかった。

「『ファイト・クラブ』だ」

たしかその映画では、ＩＫＥＡの家具が、おしゃれで無難で、だからちょっとばかり否定的な文脈で使われていたんじゃなかっただろうか、どうだろうか。

私のほうはどうだったろう。部屋に最初感じた違和感は、懐かしさだったんじゃないか。ただ、その懐かしさは日本にもとからあるものではなくて、この国からも日本からもずっと遠くにある北の国から来たものだ。すくなくとも、私の子どものころには、この懐かしさは日本で手に入るものではなかった。ここ十年ちょっとで、ＩＫＥＡは日本人の私に懐かしさを植えつけたことになる。私は温かいミルクの入ったマグカップに口をつけた後、なんとなく、ぼんやりと覚えていた言葉を口に出してみる。

「高度な資本主義は共産主義と見わけがつかない、だったっけ」

アレクセイは頬杖を解かずに、口を開く。

「共産主義は高度に発達した資本主義から起こる、とかなんとか」

私は自分の口の端に水分のあるミルクがついている気配がして、手の甲で拭う。アレクセイは続ける。

「福祉国家だからね、スウェーデンは」

「あの映画の印象から考えると意外かもしれないけど、IKEAは日本ではそれほど高級なイメージのお店ではないの。おしゃれなんだけど……なんていうか、無難、ってのともちがう、きみょうな均質感があって」

「どんなお店なの」

私はIKEAを知らないアレクセイに、日本の郊外に、何かの冗談みたいにして建っている青い大きなIKEAの建物の外観と、その中身を説明する。清潔で安価な食堂や、スチールのかごに積まれた、かわいいのか薄気味悪いのか、いまひとつよくわからないぬいぐるみ。

「それぞれの家具に、日本人が覚える気にもならないくらいの読みにくい名前と、変なコード番号がついているの。あれじゃあ注文のときに小さい鉛筆とメモが必要になるのも無理はない」

アレクセイと私は笑う。

いつかこの国にIKEAが開店して、あの小さい鉛筆とメモ紙を持って、ショウルームに大きな図体(ずうたい)のアレクセイがたたずんでいるところを想像すると、なんだかやたらにおもしろかった。

彼はたぶん、麻雀牌を探す。北欧っぽいシンプルなデザインの、乳白色と薄いミントブルーを基調にした、ローマ字に点や丸がくっついたみたいな文字が牌の表面にあしらわれた麻雀牌を探してうろつくんだろう。

＊

一日かけて登攀の訓練をする。選手たちは誠実で賢かった。ただ、勤勉ということは勉強も労働もきちんと行うということで、だから訓練の時間は限られていた。彼らはとてもたくさんの時間を、勉強や労働に使っている。精密部品の検査をする国営企業に出勤するために、あるいは家で芋の収穫をするために、選手たちは終わりの時間が来る五分前には準備をし、さっさと帰ってしまう。まじめな子ほどそうだった。

いつも、ひとりだけが残って訓練を最後までしている。だれか特定の選手であるわけではなくて、残って走り続けているひとりは、いつも昨日とは別のだれかだった。私に気をつかって当番制で残っているのかもしれない。そう思えるくらい、彼らはきまじめだった。

「先生」

訓練のメニューを終えた後、残っていた女子選手が、息を整えた後に言う。

「この競技は、約束ごとがちょっと多すぎるんじゃないかと思っています」

私もかつて思っていたことだった。どんなスポーツや格闘技、あらゆるゲームでも、競技に最初に触れる人たちは、最初にそんな面倒なことをしてなんになる、と思う。そうして中に入りこむうちに、この約束ごとはこうなったときに必要、と理解をするようになるのだ。

「でも、シンプルでしょう」

「ほんとうにシンプルに、と考えるのであれば、皆で一斉に走って、その時間をチームごとに合計すればいいのでは」

私は黙って、彼女のことを見る。凛々しくて美しいけれど化粧気はなく、とても頭のいい、合理的な考えを持った女性だと思う。意地悪で言っているのじゃなく、本当に不思議でしかたがない、といった様子だった。私は答えた。

「競走や格闘技にはルールがあって、だからこそ戦略が出てくるものなのかもしれない。そうして、副産物みたいにほんのちょっぴり、物語が生まれるのかも」

けしてインチキとか八百長なわけではないけれど、人が作ったルールがちょっとあるだけで、競争をすることに、かすかな物語のレイヤーがかかる。ただ走って競う、高く跳ぶ、そこに物語を見るための、ちょっとした約束ごとを仕掛けること。できあがるのはとてもへんてこな競い合いだけど、そこには儀式めいた滑稽さと崇高さが同居しているんじゃないだろうか。

と説明しながら、私がプレイヤーだったときはこんなこと、まったく考えていなかったなと思う。

「ニホンに住んでる……たくさんの人は、それを楽しみにしている？」

彼女はふたたび私にたずねる。私はうなずく。

「あるきまった時期に、日本で一番大きな山のあたりでこの競技をするの。テレビで全国に放送されて、みんなが見てるから、そこで活躍する人は『神様』と呼ばれたりすることもある」

「とすると、これは、宗教的な儀式に基づいた競技なのですか」

彼女の言うことに対して私は首を横に振ってはみたけれど、実際、自分の答えにはいまひとつ確信が持てないでいた。

人のすることに、まったく宗教的でないものなんて本当にあるんだろうか。

＊

私はこの国で大きな成果を――、すくなくとも彼らに幸せな戦いを味わわせてあげられるのか、いまひとつ自信がなかった。何より私自身、けして幸せな戦いを続けてこられた競技者じゃなかった。手元にたすきを残したまま走区を走り終えたことだって、何度もあった。もうひと伸び、手を伸ばせば届くほどの目の前で悲しい顔をした仲間が走り出したことだって。彼女の言うように自分との戦い、仲間との共闘、とだけ言いきってしまうにはあまりにも要素の多すぎる競技だった。

＊

もうすっかり暗くなってしまった道を、宿舎に向かって歩く。私が目指す建物の一階、遠くにカフェの灯り(あか)が薄く、平たく見えている。

あのカフェは中継所なんだろう。そうして、アレクセイは中継所の人なのだと思う。前に通り過ぎて行ったマオイストが走り去った後を見送って、次の選手が来るのを待っているんだ。

麻雀のことをたずねられたとき私は、アレクセイが待っていた選手が私ではなかったんだということに、がっかりしたのかもしれない。

＊

道の途中で男が立っていた。アレクセイじゃなかった。悲しくしずんだ顔で私のことを見ている。かつての、私の次を走る、たすきをつなげなかった選手と同じ表情だった。

アレクセイよりずっと背が低くて、雲の多い真夜中みたいに黒い髪と目を持った東洋人だった。

マオイストかもしれない。そう私は気がついて、声をかけようと彼に近づいた。とたん、男は私に背を向けて走りだした。私も自然に駆け出す。男の走りかたは確実に経験者の、しかも技術の高い選手のそれだった。自動車がまったく走っていないわけではないけど、幅は広く、人が走りにくい道じゃない。

私はこの国が嫌いじゃなかった。派手じゃないけど、色気があった。砂っぽくてほこりっぽい、質感の魅力みたいなもの。つくりはあちこち雑だけど悪くないセンスだと思っている。ちょうどＩＫＥＡの真逆みたいな国。自転車に乗る人が流線形のヘルメットをかぶることはほとんどなく、燃費の悪い古い車が、エコロジーとかに関係なくずっと使われている。この国が嫌いなアレクセイは、この国の良いところをひとりの人格に凝縮したような人間だった。私は早くマオイストに追いついて、アレクセイのところに連れて行かなきゃと思う。きっとアレクセイは喜ぶだろう。

手を伸ばしてぎりぎり届かないくらいの先にいるマオイスト。私はその後を必死で追っているのに、なかなか姿が近づいてこない。ちょうど、私の前を同じ速さでマオイストが走っているようなかんじだった。私が得意にしているくねったのぼり坂を越え、緩いくだりに入るときにカーブを曲がる。登りの最後のこのときが大きなチャンスで、かなりの確率で前の走者を抜けるのに、マオイストは注意ぶかくカーブの内側をしっかり守って先に行く。

靴の裏でアスファルトが交互に弾(はじ)ける。もも、ひざ、ふくらはぎすべてを使ってその衝撃を推進力にかえる。腕を振り、上半身は平静に保つ。沿道の灯りは日本のものとまったくちがう。もちろん、ここにはあの青く巨大な建物なんかない。

よく見るとマオイストは彼自身の肩にかかったたすきを握りながら走っている。彼はだれかにそのたすきを手渡そうとしているんだろうか。何年も前にアレクセイのところに来た、たぶん三人くらいのマオイスト。そのうちのひとりが私のすぐ前を走っているのだとして、残りのマオイストはずっと先のほうで彼のことを待っているのかもしれない。彼のたすきはつながるんだろうか。そうして私は、いつの間にかつかんでいるこの、自分のたすきをだれに手渡そうとしているんだろう。沿道や、建物のバルコニーから何人かの人が旗を振って私たちを鼓舞しているのが、視界のはじっこに見えた。私は、視界のどこかにアレクセイがいないか、期待してしまう。アレクセイは、マオイストと私、どっちに向かって希望の旗を振ってくれるんだろう。

＊

「レチェ」

遠くからアレクセイの鋭い声がして、私ははっとなった。それから、徐々にスピードを落とす。足がもつれかけているのがわかった。マオイストにくらいついて行くのに必死で、すでに全身の細かな部品がばらばらに散り飛んでしまいそうなぐらい疲労しきっているのに気がついていなかった。すぐ斜め前にいて、もうとらえられそうだと思っていたほど近くにいたマオイストは、すうっと薄暗闇の、街灯の見える先に影を伸ばしながら消えていってしまった。

マオイストの消えていったほうから振り返って視線を反対側に向けると、アレクセイが早歩きで近寄ってくるのが見えた。彼にこんな表情をさせたのが私だったとしたらものすごく申し訳ない気分になる。それほどひどく不安な顔をしている。両手には、紙でできた箱形の、提げ手のついた容器をふたつぶら下げていた。

アレクセイがすぐそばまで来ると、とたんに今まで沸騰したようになっていた体の中の血液がいっしゅんで冷えて固まり、私の上体が崩れた。意識ははっきりしているのに、体がこわばって動かない。アレクセイはぶら下げていた箱を地面に放り落とし、取りすがるみたいにして私の上半身を支えた。アレクセイは彼自身が着ていたジャケットを慌てて脱いで、私の肩をくるむ。

「ごめん、アレクセイ」

うまくしゃべれない。

「見つけたのに、追いつけなかった」

息もうまくできなかったしそれに、私は泣いてもいた。

「なにを」

「見つけたの。だけど、追いつけなかった。マオイストは足がすごく速くて」

「大丈夫。いいの。ちがう、ちがうよ、レチェ。あのマオイストたちはもうこの国にはいない」

「マオイストは、もう別の人につないでしまったかも。私の次の走者は、待っているかも。私が来るのを。次のスタートライン、私のゴールで。つながないと」

私にそうしてくれた、私のお母さんとかおじいちゃんみたいに。

待っている次の走者は、ずっとスタートができないで待ち続けるのか、または、時間が来て空砲が響けば、私のことをほんの短い時間思い、悲しんで、その後ゴールに向かって走り出すんだろうか。つながらなかったたすきを握りながら。だとしたら、こんなもの、こんな布きれの物語なんて、私を物語たらしめるこんなものなんて。

私はつなぐことができなかったたすきを地面にたたきつけようとして、自分の肩をけんめいに探る。でも肘から先の感覚がない。たすきを探る私の手を、アレクセイがつかむ。

「いいんだよ。きっとまた、いつでも先に行ける。大丈夫。こんなに一生懸命に走ったんだから。いつかまたレチェが走っても、そのときにちゃんと待っていてくれるから。

つなげるから。だから今は、店に戻って食事をしよう」

アレクセイはジャケット越しに私の肩をつかんで、どちら側かからこちら側へ引き戻すようにして何度かゆすった。アレクセイのジャケットはあったかかったので、私はすごく安心した。

「レチェ、ものすごく速く走ってた。あんなに真剣な、苦しそうな顔のレチェを初めて見た。泣きじゃくっているのか、苦しんでいるのかわからないくらい真剣な顔だったよ」

アレクセイは私の肩から二の腕のあたりをしきりにさすりながら、私のこわばった体を支えてくれていた。しばらくして、ずいぶん楽になって自分で歩くことができてからも、ずっとそうやってジャケットでくるみながら私を支え続けていた。逃げ出す恐れのある凶悪犯を護送車まで連れて行く刑事みたいだな、と思う。

いつも、走った後になんて何も食べたくないのに、そうして実際いま、たぶん私の喉には温かい牛乳でさえも通っていかない気がしているのに、なんだかむしょうにアレクセイと食事がしたかった。

「店に帰ったら、何を食べようか」

私がたずねたことに、アレクセイは答える。

「ヌードルを買ってきたから、食べよう。牛乳もあっためる」

アレクセイはさっき私を受け止めるときに放り落としてしまった紙の容器を拾いあげ

て私に見せた。私はおかしくなって笑う。その笑いですら自分の上体がふらついた。それから言った。ただ、それも発した自分自身がびっくりするほど力のない声だった。

「日本では、ふつう、ヌードルを紙の容器には入れないなあ」

ホテル・マニラの熱と髪

　前日夜の時点で体温は三十九度に近かった。解熱剤が効いたとはいえひどく体力が落ちているようで、キャリーバッグを引いている側に体がだんだん傾いていく。長い搭乗ゲートまでの通路を進む。といってもがんばっているのは主に動いている歩道のほうだし、乗ってしまえば飛行機は勝手に離陸し、たとえ気絶していようが目的地に着く。ただ、今回はフィリピンのマニラにあるニノイ・アキノ国際空港に着いてからシンガポールのチャンギ国際空港に向かう便のトランジットで、待ち時間が二十時間ほどある。ちょっとした散歩を楽しめるのも元気であればこそで、チケットを取ったときの暢気な自分を責めた。

　深夜、空港のエアカーテンを出ると、マニラの、重くて温かい空気が肌を撫で、体中の毛穴を開かせた。出迎えか野次馬か判らない人たちの視線も、この空気と同じ熱と湿度を持っている。あ、だめだな。とすぐに気づいて再びエアコンの利いた建物に引っ込んだ。

サービスカウンターにいた浅黒く美しい指先を持つ青年が丁寧な英語で、ここは空港そばのホテルの案内所だと言う。送迎込みで四十五ドルの宿を手配してもらうと、すぐに別の男に、いささか大げさなマイクロバスへ一人で乗せられ出発した。外気の湿度と体内の熱気と眠気とで、煙った混雑の夜景も、現実か心象風景か覚えがない。

車は明らかにホテルではない、トタンぶきのプレハブ長屋の前で停まった。車を降りた一歩目は相当な深さのぬかるみだった。オフィス。と運転手は言った。まずここで金を払うらしい。室内は、長机に電話機とタブレット端末、壁沿いにベンチがあり、床はぬかるみのままだった。ただ建物の中に水たまりがあること以上に、室内に犬や鶏が歩いていることのほうが珍しく感じた。ドライバーらしき男性たちがベンチに腰掛けてたばこを吸っている。彼らの足の間を抜ける犬や鶏、ひよこなどを眺めていると、

「中国には鶏や犬がいないのか」

というような冗談を言ってきたので、

「日本からです。日本では、オフィスに鶏や犬は、あまりいないです」

と答えた。男性は、日本、日本……と小声で繰り返した。

こんな場所でクレジットカードを出すことはためらわれたが、フィリピンペソをもっていなかったので選択肢はなかった。タブレットに差し込んだ機械で手続きを済ませ、再びのトラフィックとジープニー。人々。車が深夜の宿に横付けされて、檻にしか見え

ない鉄格子の扉を二枚開いて出てきたホテルのスタッフは、一四〇センチほどに見える少女だった。しかも一人ではない。小ぶりの教会にも見える、がらんとした作りのフロントには同じくらいの大きさの少女が五人いた。彼女たちは大きさだけでなく、目元の甘やかさ、丸さの目立つ唇など可愛らしさの質も同じように見えた。深夜にも拘らずモップがけをしながら、猫の鳴き声のような言葉で会話をしている。

部屋は、急に用意してもらったからか、車同様に一人客には不釣り合いに広く、ロフトと部屋にそれぞれ一つずつダブルベッドが置かれている。シャワーは水のみでも、三十五度を超える気候の中で不都合はなさそうだった。Wi-Fiはフロント周りであれば拾えると、小さい娘のうちの一人が英語で言い、もう一人が、パスワードの書かれた小さな紙きれをくれた。

シャワーを浴びてベッドで五分ほど気を失ったあと、フロントへ降りる。少女たちはまだお喋りをしていた。

フロアの端に置かれたソファに腰掛けて端末の画面に集中していると、いつの間にか両隣に少女が座っていた。

「ロングブラックヘア、タッチ、ＯＫ？」

ノープロブレムと答える前だったかもしれない、半乾きの髪を二人の少女が梳き始めた。外国の砂糖菓子にも似たピンクと白の玩具めいたブラシは、彼女らの小さな手で扱われることによって、くすぐったいほど優しく髪の毛をならしていった。人にこうやって髪を梳いてもらうのなんていつぶりだろう。暑い、地図上の位置どころか名前さえ判らないホテルのフロントで、ひょっとして妖精に化かされ連れてこられたのではないかと考えるほどには、まだ熱が残っているのだろうと思う。

「チャイナ？」

この国に来て何度めかの質問にジャパン、と答えると一人が嬉しそうに、私のグランマがジャパンでダンサーをしていた、と話した。少女は十五歳と十八歳だった。彼女らの恋の話を聞く。恋人はいないが、タイプは優しくてキュートな人。背が高い必要はないらしい。

二人の手によって、ふだん乱暴にまとめられている髪の毛は、アニメーション映画の髪長姫のようなややこしい編み方で太い一本のおさげになった。

寝坊は杞憂だった。まだ暗いうちから鶏の鳴き声と犬の遠吠えが交互に響いて、寝入ることすらままならなかった。ただ、飛行機にさえ乗ってしまえば、気絶していたとしてもチャンギには着くのだ。

あとがき

あのとき、林芙美子文学賞についての電話連絡を受けたのはたしか職場の階段の踊り場で、ああまだもうすこし書かせていただけるのかもしれない、ありがたいなあ、と思ったのを覚えています。

そこから遡ること五年くらい前、創元ＳＦ短編賞で佳作に選んでいただいてからしばらくは短編小説を少しずつどこかしらの雑誌やウェブに載せていただいていたものの、毎年選ばれる新しい受賞者の作品が本になっていくのを、特に焦ることもなく、勤めを続けながら暮らしていました。仕事をやめるつもりはなかったし、そうしながら小説も書き続けていくつもりでした。逃げ腰と言われてしまえばそれまでかもしれませんが、小説で人生を支えようという気持ちはなく、ただそのぶん、書くことをやめることもないだろう、書いて出す場所が無ければ公募でも、同人誌でも、オンラインでも書いて読んでもらうことはできるのだし、と考えていました。

いわゆる文芸誌の新人賞というものに応募しなかったのは、単純に長い小説を書いたことがなかったからです。大学でも論文なるものを書かなかった（美術大学の絵画学科は論文ではなく創作の提出になります）ので、一万字以上の文章を人生の中で書いたことがありませんでした。創元ＳＦ短編賞も林芙美子文学賞も、（当時）上限が五十枚の短編の公募でした。それに、新人賞というのはどこかで書いている人が応募してはいけないのだ、とも思っていました。

林芙美子賞の受賞作「太陽の側の島」は当時、北九州文学館のウェブと、「婦人公論」という雑誌に掲載されました。私の受賞した次の年、第三回からは応募できる上限枚数も増え、掲載媒体が朝日新聞出版の「小説トリッパー」という雑誌に替わっていたので、一度「小説トリッパー」に小説を掲載させてもらえることになったのは、たぶんその埋め合わせみたいなことだったんじゃないでしょうか。これは望外のできごとでした。

小説の前に、エッセイを一本掲載してもらいました（小説雑誌はそういうものらしいです）。それが今回、文庫の最後に収録させてもらった「ホテル・マニラの熱と髪」です。当時はエッセイというものの書き方がわからず、小説となにが違うのだろう、と思いながら手さぐりで書いたものだったと思います。

ともかく「小説トリッパー」でのやりとりが、人生の中で初めて、編集者さんと考えをつき合わせ、小説を作りあげる、という経験だったと思います。公募というのは書いて出したものに対してジャッジをされ、採用か否かを受けるものですし、短編賞のあと載せていただいていたものも、短いものだったので、こんなふうに小説誌の編集者さんと、どんな物語にしたいかと打ち合わせをしながら書くということはありませんでした。さらにこれが、そのとき人生で初めて原稿用紙百枚以上の、雑誌に載せるために書いた文章でした。世の中の人たち、特にSF関連でお仕事をしている物書きの人たちにとっては、百枚でもずいぶん短いものだと思います。自分が、こんなふうに長いことほら話を書くことができるんだろうか、という心もとない気持ちでいました。

ただ、そんなふうにして初めてよろよろ手探りで書いた百枚以上の物語「オブジェクタム」は、自分が考えていたよりも早く本にしていただいて、自分で読んでも奇妙だな、と思うその話は、奇妙なまま、それでも楽しんで読んでくださるような奇妙なことが起こりました。

ガリ版印刷と偽札、というイメージは、この作品の元のアイデアを書いていた当時、亡くなった赤瀬川源平さんのことを考えて物語に組み込んでいたと思います。

まだもうすこし書かせていただける、という思いは今でもずっと、続いています。毎回、これで終わりかもしれない、もう書かせていただけないかもしれないと、そんなことを考えながら書き続けている状態です。

そんなわけで、私の人生の中でも「オブジェクタム」という作品はかなり特別なものであると思っています。

最初に「小説を書いていこう」と思わせてくださった小説教室の根本昌夫先生や、創元SF短編賞で評価してくださった大森望さんが、かつて編集者さんであったことは私の人生にとってすごく大きく、そうして何よりありがたいことだったんじゃないだろうか、と思っています。

そうして、書き終えた小説を最初に読みたがる家族、さまざまな編集者の方、評者の方、つまり読者の方。この、特別な新人というわけでもない書き手の、長くも短くもないけったいなこの本の作品たちをおもしろいものだと思ってくださった優しく、そして変わり者の読み手のみなさまに、なにより感謝をしています。みなさまのおかげで、私はいま作品を書くことが出来ています。

二〇二二年五月　　　　　　　　　　　　　高山羽根子

解説

佐々木敦

本書は、二〇一八年刊行の『オブジェクタム』、二〇一九年刊行の『如何様』の二冊の作品集を合本し、更にエッセイ「ホテル・マニラの熱と髪」を加えた文庫版である。高山は二〇〇九年に「うどんキツネつきの」で第一回創元SF短編賞を受賞、同名の短編集が二〇一四年に刊行されており、『オブジェクタム』は二冊目の単著だった。その後、『居た場所』（二〇一九年）と『カム・ギャザー・ラウンド・ピープル』（同）の二冊を挟んで『如何様』が刊行された。そして二〇二〇年に「首里の馬」で第一六三回芥川龍之介賞を受賞する。「居た場所」と「カム・ギャザー・ラウンド・ピープル」も芥川賞候補に挙げられており、三度目の正直で栄冠を射止めたことになる。デビューから初単行本まで五年程かかったものの、本文庫の親本二冊刊行あたりの高山の創作活動は旺盛を極めており（二〇一九年には三冊も出ている！）、SFでデビューしながら純文学の世界でも注目の作家になっていったのもこの時期であった。そして私としては、そのすべての出発点は、何といっても「オブジェクタム」という作品にあったのだと言っておきたい。

「オブジェクタム」はじつに不思議な小説である（とはいえ「不思議」ではない高山の小説は存在しないのだが）。物語は「中野サト」という人物の語りによって進行する。サトは子供の頃に住んでいた土地へ向かいながら、小学生のときの或る出来事を回想する。とつぜん町内のあちこちに誰が作っているのかも知れない謎のカベ新聞が貼り出されるようになった。その内容は「スーパー山室と八百永青果店、ナスと柿における傷み率の比較」などというどうでもいいようなものだったが、いつのまにか町の生活に溶け込んで、町民たちに愛読されていた。サトは偶然、その新聞の編集発行人が祖父の静吉であることを知る。じいちゃんは俳句を習いに行くフリをして、ススキ野原の奥のテントでカベ新聞作りに精を出していたのだ。サトは静吉を手伝うようになる。だが祖父と孫の共同作業は、やがて静吉の入院によって終わりを迎える。そして……とこうしてあらすじを記していってもこの小説の不思議さはどうにもうまく伝えられない。とにかく読んでもらうしかないのだが、たとえばサトが友だちのカズと広場でカベ新聞を見ていると、静吉が通うフリをしていた俳句教室の先生で、不意に手品を披露したりする変な男「渋柿」が現れ、新聞紙の表面を指でなぞっていたかと思うと、こんなことを言う。

「タテが十二と、八十、八十マス」

渋柿は笑顔のままで、カベ新聞の正面から顔を離して、額に上げていたメガネをもういちど引き下げて言った。

「ホレリスコード」

　続けて言う。

「昔はデータを記録して、保存するために穴の開いた紙を使っていたんです。このカベ新聞の紙には、そのときに使っていた紙が漉きこんである。ずいぶん手間のかかることをしています」　　　　　　　　　　　　　　　　　　　　　　　　（「オブジェクタム」）


　ホレリスコードとは初期の電算機の記録媒体であるパンチカード（穿孔カード）に使われていたコードの名称である。クラシックなSF映画に出てくるあれだ。なぜ唐突にホレリスコードなんてものが出てくるのか。どうして静吉はそんな技術を持っているのか。静吉はなぜそんなことをやったのか。そして、そのコードには何が書かれているのか。幾つもの謎が押し寄せる。すると渋柿が「うちの倉庫にまだカードを使ってデータを読むマシンがあったと思います」などと言い出す。ではそこから一挙にいわゆるエスエフになるのかというと、そうでもない。結局、ホレリスコードの謎はそのままになってしまう。

　問題は、コードに何が書かれていたのか、ではない。コードとは暗号のことだ。暗号を解読することではなく、解かれ得ぬ謎としての暗号そのものが重要なのだ。そしてこの小説のクライマックスには、まさしく「暗号＝謎としての光景」とでも呼ぶべき、比類なく美しい場面が待っている。

「オブジェクタム」には他にも幾つもの謎が埋め込まれている。結末に至って俄に物語の前面に出てくる偽札事件の謎。移動遊園地の謎。語り手の「中野サト」の謎。そして「オブジェクタム」という耳慣れない用語の謎。ラテン語では名詞の末尾に「um」を付加すると容れ物や場所を意味する中性名詞になる。つまりobjectumはobject＝対象／物体の容器、つまり客観の収納場所といった意味だと考えられる。対義語はサブジェクタムである。ところがややこしいことにサブジェクタムとオブジェクタムの意味は中世においては現在とは逆だった。subjectumはギリシア語の「hypokeimenōn＝下に置かれてあるもの＝基体」のラテン語であり、objectumは同じくギリシア語「antikeimenōn＝向こう側に投じられてあるもの＝心的内容」のラテン語である。つまりサブジェクタムが客体／客観でオブジェクタムが主体／主観だったのだ。この用語法が逆転するのはカント以降の近代のことである。作者がどういう意図で、この題名を選んだのかはわからないし、小説の中でも触れられていない。だがポイントは「um」なのではないか。objectでもobjectiveでもobjectivityでもなく、objectum。かつては「心の内」という意味だったのに、歴史上の或る時期から「客観」へと変化した「向こう側にあるもの」、それらが収められてある「容器＝場所＝空間」。こう考えてみると「オブジェクタム」

とは、この小説それ自体、いや、小説という営み／試みそのもののことを指しているようにも思えてくる。

「如何様」の時代設定は第二次世界大戦が終わって間もない頃、記者をしながら探偵のようなこともやっている女性の「私」は、知り合いの榎田から奇妙な仕事を依頼される。画家の平泉貫一が、大戦末期に徴兵され、捕虜になったのち復員した。両親と、夫と一度も会わぬまま嫁入りした妻のタエはよろこんで貫一を迎えたが、ほどなく彼は行方不明になってしまう。貫一の人相は戦争に行く前とは似ても似つかないほどに違っていた。榎田は男が贋物なのではないかと疑い「私」を雇ったのだった。「私」はタエをはじめ貫一とかかわりのあった人々を訪ね、失踪した男の正体を探っていく。戦前と戦後の貫一の二枚の写真は、どう見ても別人に見えるが、証言者たちの話を総合すると同じ人物であるようにも思えてくる。「私」は、貫一が腕の良い贋作画家であり、彼自身も変装の名手だったことを知る……題名の「如何様」は「イカサマ」と読むが、これは「いかよう」とも読める。まさにこれはいかようにも読める小説である。リアリズムの筆致で書かれてはいるが、一種の幻想譚でもある。本物と瓜二つの贋物、本物の代わりを完璧に務めている贋物は、もはや贋ではないのではないか。そもそも「本物」とは何か？　「本物／贋物」の判別が決定不能だとしたら、その違いに何の意味があるというのか？　これもまた「謎」をめぐる、いや、謎としての小説である。そして高山羽根子の小説は、これ以外のどれを取っても、謎、謎、謎、謎だらけなのである。

表題作二編に劣らず、この作家の特異性が際立っているのは、第二回林芙美子文学賞を受賞した短編「太陽の側の島」だろう。戦時に離れて暮らす夫婦が交わす手紙のやりとりが、いつしか謎めいた細部を孕んでゆき、やがておそるべき世界の実相が立ち現れる、私はこの小説を最初に読んだとき、あまりの驚きに本を取り落としそうになった。こんな小説をいったいどうやったら思いつけるのか、想像もつかない。そして本書の他の収録作、マルセル・デュシャンの作品と同題を持つ「L.H.O.O.Q.」も、外国で駅伝（?）を指導することになった「私」の物語「ラピード・レチェ」も、マニラのホテルで過ごした夜を回想するエッセイ「ホテル・マニラの熱と髪」でさえ、映像が思い浮かぶようなリアリティある描写と、シュールと呼ぶには現実との乖離がどうにも定かでない奇妙な展開、そして読み終えたあともいつまでも残存し続ける「謎」の魅力と強度によって、唯一無二の世界を現出し得ている。

高山羽根子ワールドへの扉として最良の一冊と言えるだろう。


（ささき　あつし／思考家、作家）

オブジェクタム／如何様(イカサマ)　朝日文庫

2022年7月30日　第1刷発行

著　者　高山羽根子(たかやまはねこ)

発行者　三宮博信
発行所　朝日新聞出版
〒104-8011　東京都中央区築地5-3-2
電話　03-5541-8832(編集)
03-5540-7793(販売)

印刷製本　大日本印刷株式会社

Published in Japan by Asahi Shimbun Publications Inc.
定価はカバーに表示してあります

ISBN978-4-02-265052-8

朝日文庫

あちらにいる鬼
井上　荒野

小説家の父、美しい母、そして瀬戸内寂聴をモデルに、逃れようもなく交じりあう三人の〈特別な関係〉を描き切った問題作。《解説・川上弘美》

坂の途中の家
角田　光代

娘を殺した母親は、私かもしれない。社会を震撼させた乳幼児の虐待死事件と〈家族〉であることの光と闇に迫る心理サスペンス。《解説・河合香織》

おめかしの引力
川上　未映子

「おめかし」をめぐる失敗や憧れにまつわる魅力満載のエッセイ集。単行本時より一〇〇ページ増量！　《特別インタビュー・江南亜美子》

ことり
小川　洋子

《芸術選奨文部科学大臣賞受賞作》

人間の言葉は話せないが小鳥のさえずりを理解する兄と、兄の言葉を唯一わかる弟。慎み深い兄弟の一生を描く、著者の会心作。《解説・小野正嗣》

20の短編小説
小説トリッパー編集部編

人気作家二〇人が「二〇」をテーマに短編を競作。現代小説の最前線にいる作家たちのエッセンスが一冊で味わえる、最強のアンソロジー。

となりの脳世界
村田　沙耶香

デビューから今までの日常と想像のあれこれを書き綴ったエッセイ集の決定版。一五本を追加収録。読み終えると世界が広がる。《解説・矢部太郎》